U0085599

日語能力檢定系列

★收錄歷屆考題

4級 文法一把抓

楊惠菁 蘇阿亮 編著

三民書局

國家圖書館出版品預行編目資料

4級文法一把抓／楊惠菁,蘇阿亮編著.——二版三刷.
——臺北市：三民，2011
面；　公分.——(日語能力檢定系列)
參考書目：面
ISBN 978-957-14-4049-1　(平裝)
1.日本語言－文法

803.16

© 日語能力檢定系列 4級文法一把抓

編著者	楊惠菁　蘇阿亮
責任編輯	李金玲
美術設計	郭雅萍
發行人	劉振強
著作財產權人	三民書局股份有限公司
發行所	三民書局股份有限公司 地址　臺北市復興北路386號 電話　(02)25006600 郵撥帳號　0009998-5
門市部	(復北店)臺北市復興北路386號 (重南店)臺北市重慶南路一段61號
出版日期	初版一刷　2004年8月 二版一刷　2007年7月 二版三刷　2011年7月
編號	S 804830

行政院新聞局登記證局版臺業字第〇二〇〇號

有著作權・不准侵害

ISBN　978-957-14-4049-1　(平裝)

http://www.sanmin.com.tw　三民網路書店

※本書如有缺頁、破損或裝訂錯誤，請寄回本公司更換。

序言

「日本語能力試驗」在日本是由財團法人日本國際教育支援協會，海外則由國際交流基金協同當地單位共同實施。自1984年首次舉辦以來，規模日益龐大，於2006年全球已有四十六個國家，共一百二十七個城市，逾四十五萬人參加考試。台灣考區也於1991年設立，如今共有台北、高雄、台中三個城市設有考場。

「日本語能力試驗」的宗旨是為日本國內外母語非日語的學習者提供客觀的能力評量。考試共分成4級，1級程度最高，4級程度最簡單，學習者可依自己的程度選擇適合的級數報考。報考日期定於每年八月至九月上旬，於每年十二月初舉辦考試。

在台灣，「日本語能力試驗」所認定的日語能力評量相當受到重視，不僅各級學校鼓勵學生報考，聽說許多公司行號在任用員工時，也要求其出示日本語能力試驗的合格證書。由於這樣的屬性，也使得「日本語能力試驗」的地位，猶如英語的托福考試一般。

為此，本局特地以日本國際教育支援協會與國際交流基金共同合編的《日本語能力試驗出題基準》為藍本，規劃一系列的日語檢定用參考書，期許讀者藉由本書的學習，能夠有越來越多的人通過日本語能力測驗。

最後，本書能夠順利付梓，要特別感謝日本國際交流基金的協助，提供歷年的考題，在此謹向國際交流基金致上謝意。

2007年7月
三民書局

前書き

「日本語能力試験」は日本国内では財団法人日本国際教育支援協会が、日本国外では国際交流基金が現地機関の協力を得て実施しています。１９８４年に第1回が行われ、以来規模が年々大きくなって、２００６年には世界４６ヶ国計１２７の都市で、四十五万人を越える方がこの試験に参加しました。台湾でも１９９１年から、試験会場が設けられ、現在は台北、高雄、台中三つの都市で実施されています。

「日本語能力試験」は、日本国内外の日本語を母語としない日本語学習者を対象に、その日本語能力を客観的に測定し、認定することを目的として行われています。試験は４つの級に分かれており、１級が最高レベル、４級が最低レベルになっています。学習者の皆さんは自分の能力に適したレベルの試験を受けることができます。出願期間は毎年８月から９月上旬で、毎年１２月上旬に試験が行われます。

台湾では、この「日本語能力試験」の認定した日本語レベルが重大視されています。各学校で生徒たちに出願を勧めているだけでなく、民間企業でも就職用の資格として日本語能力試験の合格証書が要求されることがあるようです。このような性格から、日本語能力試験は、英語の能力を測るテストTOFELに対応する位置づけができそうです。

こうした現状をふまえ、弊社はこの度、日本国際教育支援協会と国際交流基金共同著作・編集の『日本語能力試験出題基準』をもとに、日本語能力試験用の参考書シリーズを企画いたしました。本書を勉強して、一人でも多くの方が、日本語能力試験に合格できることを願っております。

最後ではありますが、本書の編集出版に際し、試験問題を提供していただいた日本国際交流基金に紙面を借りてお礼を申し上げます。

２００７年7月
三民書局

文法一把抓 4級

目次

感謝日本國際教育支援協會暨國際交流基金提供考題

1 名詞句［非過去］

(1) ▶ ～は～です。

私(わたし)は学生(がくせい)です。

我是學生。

❶「AはBです」是所有學日語的人首先會遇到的句型。句型中的「Aは」是整個句子的主題，「Bです」是對主題的說明。

❷ 日語和中文最大的不同之一就是日文的句子裡一定要有助詞，用來連接詞與詞，表示彼此關係。本句中的助詞「は」便是用來提示想說明的主題。當「は」是助詞時，要唸成「わ」的音。註：中文裡並沒有類似「は」的表現，所以「は」既不須翻譯，也無法翻譯。

❸「～です」是對某件事加以判斷說明，爲肯定用法，通常在句末出現。例如，「学生です（是學生）」就是關於主題「私（我）」的內容說明。學生是一種職業，「です」之前除了職業之外，還可代入姓名、國籍、年齡……。
註：此時的「～です」相當於中文的「是～」。

例：**私は陳美美です。**（我是陳美美。）　----表姓名
私は台湾人(たいわんじん)です。（我是台灣人。）　----表國籍
私は１８歳(さい)です。（我１８歲。）　----表年齡

（2） ▶ ～は～ではありません。

王(おう)さんは先生(せんせい)ではありません。

王先生不是老師。

❶「～ではありません」是「～です」的否定用法，在日常會話中經常用「～じゃありません」比較口語的方式來表達。
註：此時的「～ではありません」相當於中文的「不是～」。

❷「さん」接在人名之後，是用來表示對他人的敬稱，可用於男性或女性。在用法上須注意以下幾點。

ア.「さん」是敬稱，絕不可以加在自己的姓名之後。

例：（×）**私は李さんです。**
（○）**私は李(り)です。**（我姓李。）

イ.「さん」不可單獨存在，必須加在人名或職業名之後。如「魚屋(さかなや)さん」表示賣魚的人、「お医者(いしゃ)さん」表示醫生。

ウ.除了「さん」之外，人名之後加上職稱，同樣有尊敬的意思，不須再加「さん」，以免畫蛇添足。

例：（×）**田中課長さん**　（○）**田中課長**（田中課長）
（×）**鈴木先生さん**　（○）**鈴木先生**（鈴木老師）

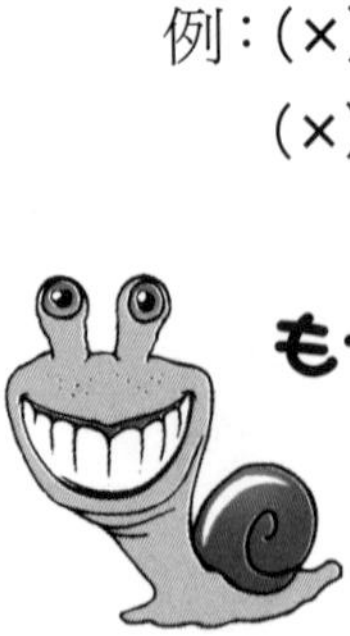

もっと

在對談時，中文習慣以「你」或「您」稱呼對方，但在日文裡，如果知道對方的姓名時，通常不用「あなた」，而是在其姓氏後加「さん」唷。

(3)

▶ ～は～ですか。

◀ はい、～です。

◀ いいえ、～ではありません。

田中（たなか）さんは会社員（かいしゃいん）ですか。

[肯]：はい、（田中さんは）会社員です。

[否]：いいえ、（田中さんは）会社員ではありません。

医者（いしゃ）です。

田中先生是公司職員嗎？
是，田中先生是公司職員。
不是，田中先生不是公司職員。

❶ 「か」是表示疑問的助詞，使用時置於句末，相當於中文的「嗎、呢」，句尾聲調須提高。特別注意日語的疑問句，句尾的標點符號一樣是「。」，不是「？」。

❷ 回答疑問句最簡單的方式就是「はい（是）」「いいえ（不是）」。「はい」表示肯定，相當於英文的「Yes」；「いいえ」表示否定，相當於英文的「No」。

❸ 簡答之後加上說明，就成了完整的回答。肯定時是「はい」加上肯定句→「はい、（○○は）～です。」；否定時是「いいえ」加上否定句→「いいえ、（○○は）～ではありません。」，或是否定後直接回答答案→「いいえ、△△です。」。

❹ 為求自然，回答時通常不重複問句中的主題「○○は」。

(3-1)
◀ はい、そうです。
◀ いいえ、そうではありません。

[肯]：はい、そうです。
[否]：いいえ、そうではありません。

是，是的。
不是，不是的。

❶ 「そう」是表示「是的」、「如此」的意思。回答疑問句時，除了直接引用問句中的內容之外，也常用到「そう」來代替疑問句中的名詞或代名詞。

❷ 所以，只要是肯定的回答，都可用「はい、そうです。」作答；反之，只要是否定的回答，皆可回答「いいえ、そうではありません。」。

(3-2)

いいえ、ちがいます。

[否]：いいえ、違(ちが)います。

不，不對。

1. 「違います」的意思是「不對、不是」。針對疑問句作否定回答時，除了用「いいえ、～ではありません。」「いいえ、そうではありません。」之外，也可以用「いいえ、違います」。註：「違います」為動詞。

例：すみません。（あなたは）田中さんですか。
（抱歉，請問你是田中先生嗎？）

➡ いいえ、（私は）田中ではありません。
（不，我不是田中先生。）

➡ いいえ、そうではありません。
（不，不是。）

➡ いいえ、違います。
（不，不對。）

當對話雙方對於談話主題具有共識時，日文多半選擇省略。不管是回答時不重複問句的主題，還是省略稱呼彼此「あなたは」「私は」，都是這個道理。

（4）

▶ ～は～ですか、～ですか。

◀ ～です。

A：張(ちょう)さんは先生(せんせい)ですか、学生(がくせい)ですか。

B：学生です。

張先生是老師還是學生呢？
是學生。

❶ 當一個句子中出現兩個疑問句「～ですか」時，此句子稱爲選擇疑問句，相當於中文的「是～，還是～？」，或是英文的「… or …?」。

❷ 回答選擇疑問句時，直接從選項中選出其中一項即可，不須回答「はい」、「いいえ」。

例：（あなたは）先生ですか、学生ですか。
（請問你是老師還是學生？）

➡（×）いいえ、私は学生です。

➡（○）（私は）学生です。
（我是學生。）

日文的「先生」是個尊稱，一般用於尊稱老師，或是具有指導身份者，例如律師、醫生、民意代表等。

（5）

～も～です。

李（り）さんは台湾人（たいわんじん）です。陳（ちん）さんも台湾人です。

李小姐是臺灣人，陳先生也是臺灣人。

❶「も」是用來提示相同性質的事物的助詞，相當於中文的「也」。當要表示另一個主題也擁有相同特質時，可以套用「～は～です」的句型，變成「～も～です」。

❷「～人（じん）」是接尾語，地名或國家名加上「人」就是那個地區、國家的人。

例：**関西（かんさい）＋人（じん）**	→	**関西人（かんさいじん）**	（關西人）
日本（にほん）＋人	→	**日本人（にほんじん）**	（日本人）
アジア＋人	→	**アジア人（じん）**	（亞洲人）

(5-1)

▶ ～も～ですか。

▶ はい、～も～です。

▶ いいえ、～は～ではありません。

陳（ちん）さんも台湾人（たいわんじん）ですか。

[肯]：はい、陳さんも台湾人です。

[否]：いいえ、陳さんは台湾人ではありません。

陳先生也是臺灣人嗎？
是，陳先生也是臺灣人。
不是，陳先生不是臺灣人。

❶ 主題用「も」發問時，肯定回答也是用「も」，但否定回答必須改成「は」。

例：王（おう）さんも台湾人ですか。（王先生也是台灣人嗎？）

➡ はい、王さんも台湾人です。（是，王先生也是台灣人。）

➡ いいえ、王さんは台湾人ではありません。
（不是，王先生不是台灣人。）

❷ 日語的肯定句改成否定句時，經常取「は」的形式以加強否定敘述的功能，學習者須多加留意。

2 指示詞

(1) **■ これ・それ・あれ・どれ**

A：それは何(なん)ですか。
B：これは辞書(じしょ)です。

那是什麼？
這是字典。

❶ 日語中有一種指示事物、場所、方向的表現，稱爲指示詞。學習者只要看到“指示”兩個字，就要聯想到「こそあど」。

❷ 首先是事物的指示代名詞「これ、それ、あれ、どれ」，相當於中文的「這個、那個、哪個」。「これ」爲近稱，是指離說話者近的事物；「それ」爲中稱，是指離聽話者近的事物；「あれ」爲遠稱，是指離說話、聽話二者都遠的事物；「どれ」是不定稱，即疑問詞，意指未知的事物。
註：中文的「那個」在日文裡對應的是「それ」和「あれ」兩項。

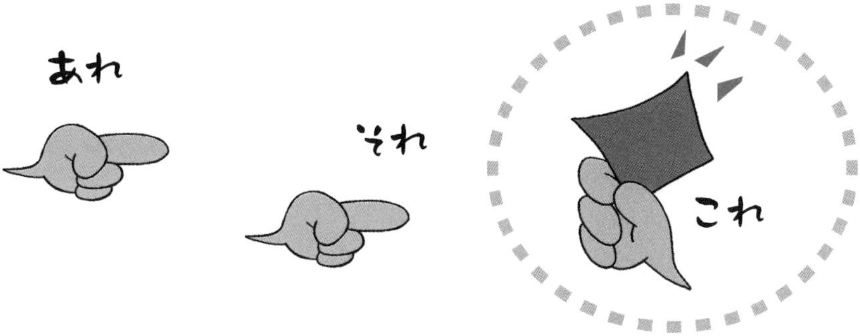

❸ 「これ」與「それ」通常是相對的，所以用「これ」問時就用「それ」回答；用「それ」問時就用「これ」回答。至於用「あれ」問時，則是用「あれ」回答。例 ——

A: **あれは飛行機（ひこうき）ですか。** （那是飛機嗎？）

B: **はい、あれは飛行機です。** （是的，那是飛機。）

❹ 「何（なに/なん）」是用來詢問東西、事物的疑問詞，相當於中文的「什麼」。當疑問句中有疑問詞時，直接就所問的內容作答即可，不須回答「はい」、「いいえ」。例 ——

A: **それは何（なん）ですか。** （那是什麼呢？）

B: **（×）はい、これはドリアンです。**

（○）これはドリアンです。果物（くだもの）です。

（這是榴槤。是水果。）

❺ 代名詞「これ、それ、あれ」的用法和名詞一樣，可以接「は」當作主題。但當疑問詞「どれ」作主題使用時，則必須改用另一個助詞「が」，回答時也是用「が」回答。

註：助詞「が」有強調未知事物的意思，參見p.86。

A: **どれがシャープペンシルですか。**

（哪個是自動鉛筆呢？）

B: **これがシャープペンシルです。**

（這個是自動鉛筆。）

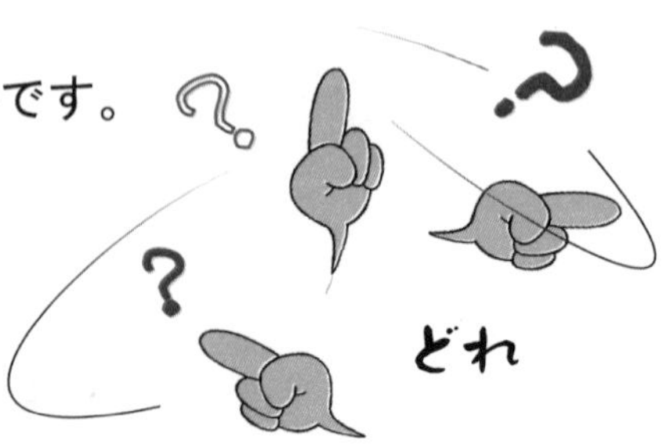

(2) この～・その～・あの～・どの～

あの人は誰（だれ）ですか。

那個人是誰？

1. 「この、その、あの、どの」是指示連體詞，用來修飾後面的名詞，不可單獨使用。「この+名詞」表示離說話者近的東西或人；「その+名詞」表示離聽話者近的東西或人；「あの+名詞」，表示離說話、聽話二者都遠的東西或人；「どの+名詞」，表示不確定的東西或人。註：傳統文法稱呼名詞為「体言」，必須連接名詞才能成立的詞類便稱作「連体詞」。

2. 「この、その、あの、どの」不像「これ、それ、あれ、どれ」可以直接當主題，必須後接名詞成爲組合字之後，才能當主題。

   例：（○）これは…　　（×）このは～
   　　　　　　　　　　（○）この靴（くつ）は～

3. 「誰」是用來詢問人的疑問詞，比較有禮貌的說法是「どなた」，相當於中文的「哪位」。

   例：すみません。どなたですか。
   （抱歉，請問您是哪位？）

(3) ■ ここ・そこ・あそこ・どこ

ここは阿里山(ありさん)です。

這裡是阿里山。

❶ 指示場所的代名詞就是在「こ、そ、あ、ど」之後加上「こ」→「ここ、そこ、あそこ、どこ」。其中特別留意「あそこ」是正確的，不可誤用為「(×)あこ」。

❷ 「ここ」是指說話者所在的場所；「そこ」是指聽話者所在的場所；「あそこ」是指離說話、聽話二者都遠的場所；「どこ」是指不確定場所，為疑問詞。

❸ 無論詢問人、地點，或事物的所在地時，都可用「～はどこですか」的句型。回答時作「～は～です」，句型中的「～です」之前為「ここ、そこ、あそこ」或場所、地點時，因為是說明主題所在地，所以「～です」必須譯為「在～」。例——

A：**木村(きむら)さんはどこですか。**(木村先生在哪？)----問人
B：**図書館(としょかん)です。**　(在圖書館。)

A：**図書館(としょかん)はどこですか。**　(圖書館在哪？)----問地點
B：**あそこです。**　(在那裡。)

A：**電話(でんわ)はどこですか。**　(電話在哪？)　----問事物
B：**廊下(ろうか)です。**　(在走廊。)

(4) こちら・そちら・あちら・どちら

北(きた)はどちらですか。

北方在哪邊？

1. 「こちら、そちら、あちら、どちら」是表示方向的指示代名詞。

2. 「こちら、そちら、あちら、どちら」除了表示方向之外，也是「ここ、そこ、あそこ、どこ」的客氣講法，所以從事餐廳、百貨公司等服務業性質場合中的人員對客人敘述某某地點時，一定是用「こちら、そちら、あちら、どちら」。

3. 疑問詞「どちら」和「どこ」除了詢問方向、場所之外，也可以用於詢問場所名稱。例 ──

A：**会社(かいしゃ)はどちら/どこですか。** (你的公司是哪一家？)
B：**ＩＢＭです。** (是IBM。)

A：**学校(がっこう)はどちら/どこですか。** (你的學校是哪一所？)
B：**東京大学(とうきょうだいがく)です。** (是東京大學。)

4. 「こちら、そちら、あちら、どちら」有一個比較口語的說法爲「こっち、そっち、あっち、どっち」。

こそあど用法歸納表

こ	そ	あ	ど	用法
これ	それ	あれ	どれ	事物指示代名詞
這	那	那	哪	
この～	その～	あの～	どの～	指示連體詞
這個～	那個～	那個～	哪個～	
ここ	そこ	あそこ	どこ	場所指示代名詞
這裡	那裡	那裡	哪裡	
こちら（こっち）	そちら（そっち）	あちら（あっち）	どちら（どっち）	方向指示代名詞 場所指示代名詞
這邊、這裡	那邊、那裡	那邊、那裡	哪邊、哪裡	

3 助詞 の

(1)

N₁のN₂ [所屬]

林(りん)さんはIBMの社員(しゃいん)です。

林先生是IBM的員工。

❶ 名詞與名詞中間用助詞「の」連接時，相當於中文「的」，這是許多人都知道的，但是依據N_1和N_2的特性，「N_1のN_2」其實有相當多含義，最常見的就是所屬和所有的用法。

❷ 「所屬」關係指的是N_2附屬於N_1之下，所以N_1多半是機關行號或是地方等大範圍，N_2則是下面的細項。

例：**日本の車(くるま)**　(日本車)
　　大阪(おおさか)の友達(ともだち)　(在大阪的朋友)
　　病院(びょういん)の設備(せつび)　(醫院的設備)
　　図書館の本(ほん)　(圖書館的書)

❸ 「の」可連接的名詞次數一般不限，但以適度爲原則。

例：**張(ちょう)さんは台湾大学の日本語(にほんご)学科(がっか)の学生です。**
　　(張先生是台灣大學日文系的學生。)

❹ 「の」表示「所屬關係」時，疑問詞用「どこ」來詢問。

A：**これはどこのワインですか。**(這是哪裡的葡萄酒呢？)

B：**フランスのワインです。**　(是法國的葡萄酒。)

（2） N₁のN₂［所有］

これは私（わたし）の傘（かさ）です。

這是我的傘。

❶ 當所屬關係「N_1のN_2」中的N_1爲「人」時，稱爲「所有」關係，表示N_2爲N_1所有。常見的有下列二種情形。

ア. 「人＋物」 → **先生の車** （老師的車）

イ. 「人＋人」 → **私の先生** （我的老師）

❷ 「の」表示「所有關係」時，疑問詞用「だれ(誰)」來詢問。例 ──

A：**これはだれの財布（さいふ）ですか。**(這是誰的錢包呢？)

B：**それは林さんの財布です。**(那是林小姐的錢包。)

❸ 表示「所屬關係」或「所有關係」的「の」之後的名詞，在不影響意思表達的情況下，一般都可省略，只有當後面接續的名詞是人時，不能省略。例 ──

A：**これはあなたの傘ですか。** (這是你的傘嗎？)

B：**(○) はい、<u>私の傘です</u>。** (是的，是我的傘。)

(○) はい、それは<u>私のです</u>。 (是，那是我的。)

A：**王さんは台湾の留学生ですか。**

(王先生是台灣的留學生嗎？)

B：**(○) はい、<u>台湾の留学生です</u>。**(是，是台灣的留學生。)

(×) はい、台湾のです。

（3）

■ N_1のN_2 [內容說明]

これは車の雜誌です。

這是汽車雜誌。

❶ 助詞「の」除了表示從屬、所有的關係之外，亦可表示「內容說明」，此時「N_1のN_2」中的N_1爲N_2的性質或種類，翻譯時通常不譯出「の」。

例：**それは日本語の雜誌です。**（那是日文(的)雜誌。）

それはファッションの雜誌です。（那是流行雜誌。）

❷ 「の」表示「內容說明」時，疑問詞用「何」來詢問。

A：**それは何の本ですか。**　（那是什麼(性質的)書呢？）

B：**コンピューターの本です。**（是電腦書。）

A：**これは何のテープですか。**（這是什麼錄音帶呢？）

B：**日本語のテープです。**　　（是日文錄音帶。）

(4)
N_1のN_2 [同位]

こちらは友達(ともだち)の王(おう)さんです。

這位是我的朋友，王先生。

❶ 當「の」前後連接的名詞爲相同屬性，即對等地位時，稱爲同位用法。

例：**友達の王さん** ----朋友，王先生
韓国人(かんこくじん)のキム ----姓金的韓國人
誕生日(たんじょうび)の２月(がつ)２９日(にち) ----生日是2月29日

❷ 「こちら、そちら、あちら、どちら」除了表示方向、地點，還可用於客氣稱呼我方或對方的人。標題句及下面例句中的「こちら」指的就是身旁的「人」，中文譯爲「這一位」。

A：**こちらは同僚(どうりょう)の森田(もりだ)さんです。**
(這位是我同事，森田先生。)

B：**はじめまして、森田です。**
(初次見面，我是森田。)

註：「自我介紹」請參見p.63。

4 合併句[名詞句]

(1)

▶ ～は～で、～は～です。

これはりんごで、それはみかんです。

這是蘋果，那是橘子。

❶ 兩個不同主題、不同敘述內容的名詞句合併時，只須將第一句的「です」改成「で」，這在文法上稱為中止形。

例：
- **これはりんごです。** (這是蘋果。)
- **それはみかんです。** (那是橘子。)

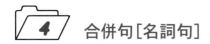

→**これはりんごで、それはみかんです。**
(這是蘋果，那是橘子。)

❷ 如果合併的兩句碰巧為同一個主題，則通常只保留前面的主題，後面的主題予以省略。

例：
- **陳さんは台湾人です。** (陳先生是臺灣人。)
- **陳さんは東京大学(とうきょうだいがく)の留学生です。**

(陳先生是東京大學的留學生。)

→**陳さんは台湾人で、東京大学の留学生です。**
(陳先生是臺灣人，東京大學的留學生。)

（2） ～も～も

この本もその本も私(わたし)のです。

這本書是我的，那本書也是我的。

❶ 不同主題但敘述內容相同的句子亦可合併，方法之一是利用p.13提過的「も」，上述標題句正是下列兩句的合併。

例：
- **この本は<u>わたしの</u>です。**（這本書是我的。）
- **その本も<u>わたしの</u>です。**（那本書也是我的。）

→ **<u>この本もその本も</u>わたしのです。**
（這本書是我的，那本書也是我的。）

❷ 「も」爲提示相同性質事物的助詞，「～も～も」意即「～也～也」，合併句中的「この本」「その本」都是句子的主題。

（3） ■ ～と～

この本（ほん）とその本（ほん）は私（わたし）のです。

這本書和那本書是我的。

1. 表示同質性除了可以用「～も～も」之外，也可以利用助詞「と」進行合併，「と」爲並列助詞，連接名詞與名詞，相當於中文的「和、與」。

   例：**これとそれ**　（這個和那個）

2. 用「と」合併主題的句子和「～も～も」不同的是，合併後的「～と～」視爲一個聯合的主題，後接「は」。

   例：**この本はわたしのです。**　（這本書是我的。）
   　　その本はわたしのです。　（那本書是我的。）

   → **この本とその本はわたしのです。**
   （這本書和那本書是我的。）

プチテスト（小測驗）

(1)　これ＿＿＿＿　えんぴつです。

(2)　＿＿＿＿＿＿　人（ひと）が　田中（たなか）さんですか。

(3)　A「あの　人（ひと）は　山田（やまだ）さんですか。」

　　B「いいえ、＿＿＿＿＿＿＿＿＿＿＿＿。」

(4)　どれ＿＿＿＿　あなたの　かさですか。

(5)　A「それは　＿＿＿＿＿＿の　ざっしですか。」

　　B「りょこうの　ざっしです。」

(6)　じしょは　友（とも）だちの＿＿＿＿、ノートは　わたしのです。

(7)　ぎんこうは、レストランの　右（みぎ）です＿＿＿＿、

　　左（ひだり）です＿＿＿＿。

正解：

(1) は　　(2) どの

(3) ちがいます／山田さんではありません／〇〇さんです。

(4) が　　(5) 何　　(6) で　　(7) か、か

5 數字

(1) 数字

会社(かいしゃ)の電話番号(でんわばんごう)は2360－7159です。

公司的電話號碼是2360－7159。

❶ 日語數字的寫法和中文一樣，但發音不同。

0・零	**ゼロ、れい**
1・一	**いち**
2・二	**に**
3・三	**さん**
4・四	**よん、し**
5・五	**ご**
6・六	**ろく**
7・七	**なな、しち**
8・八	**はち**
9・九	**きゅう、く**
10・十	**じゅう**

註：「4、7、9」由於各有兩種發音，須留意與各種量詞搭配時採取何種讀法。

❷ 詢問某人或某單位、機構的電話號碼時，疑問詞用「何番(なんばん)」。回答時，「番(～號)」放在號碼後面，可加可不加。電話號碼中的間隔「－」讀作「の」。

A：**会社の電話番号は何番(なんばん)ですか。**

(公司的電話是幾號？)

B：**ぜろさんの　に(い)さんろくぜろの　なないち**
ご(う)きゅう (番(ばん))です。

(03-2360-7159。)

❸ 報電話號碼時，爲了使發音聽起來更清楚，通常有些特殊原則。

ア.「0」除了「ゼロ」「れい」以外，也可讀作「まる」，即“圓圈”的意思。

イ.「4」不讀作「し」，讀作「よん」。

ウ.「2」和「5」通常讀成長音「にい」「ごう」，但標示時仍是作「に」「ご」。

エ.「7」不讀作「しち」，讀作「なな」。

オ.「9」不讀作「く」，讀作「きゅう」。

❹ 「～番」同時也是一般號碼的說法。

1番	…	いち ばん	（1號）
2番	…	に ばん	（2號）
3番	…	さん ばん	（3號）
4番	…	よん ばん	（4號）
5番	…	ご ばん	（5號）
6番	…	ろく ばん	（6號）
7番	…	しち ばん なな ばん	（7號）
8番	…	はち ばん	（8號）
9番	…	きゅう ばん	（9號）
10番	…	じゅう ばん	（10號）

（2）
いくら

これはいくらですか。

這個要多少錢？

1. 「いくら」是關於價錢的疑問詞。詢問價目時有兩種用法，可以用完整的句子「～はいくらですか」，或是手拿物品直接問「いくらですか」。

2. 各國的貨幣名稱，美國為「ドル」，日本是「円（えん）」，台灣為「元（げん）」……。若是不清楚該國的貨幣單位，臨時也可直接在國名後加上「ドル」應變，例如「台湾ドル」＝「（台湾）元」。

例：**これはいくらですか。**　（這個多少錢？）

➡ **３０ドルです。**　（三十元美金。）

➡ **４０００円（えん）です。**　（四千日圓。）

➡ **９１０００元（げん）です。**　（九萬一千元。）

二位數以上 數字讀音

二位數		三位數	
10	じゅう	100	ひゃく
11	じゅういち		
12	じゅうに		
13	じゅうさん		
14	じゅうよん じゅうし		
15	じゅうご		
16	じゅうろく		
17	じゅうなな じゅうしち		
18	じゅうはち		
19	じゅうきゅう じゅうく		
20	にじゅう	200	にひゃく
30	さんじゅう	300	さんびゃく
40	よんじゅう	400	よんひゃく
50	ごじゅう	500	ごひゃく
60	ろくじゅう	600	ろっぴゃく
70	ななじゅう しちじゅう	700	ななひゃく
80	はちじゅう	800	はっぴゃく
90	きゅうじゅう	900	きゅうひゃく

四位數		五位數	
1000	**せん**	10000	まん
2000	にせん	20000	にまん
3000	さん**ぜ**ん	30000	さんまん
4000	よんせん	40000	よんまん
5000	ごせん	50000	ごまん
6000	ろくせん	60000	ろくまん
7000	ななせん	70000	ななまん
8000	はっせん	80000	はちまん
9000	きゅうせん	90000	きゅうまん

6 日期與時刻

(1) ■ ～月～日

雛祭(ひなまつり)は3月3日(さんがつみっか)です。

女兒節是三月三日。

❶ 1月、2月……等月份的讀音爲「～がつ」，疑問詞爲「何月(なんがつ)」。留意其中「4月」「7月」及「9月」的讀音：

1月 … いち がつ
2月 … に がつ
3月 … さん がつ
4月 … し がつ
5月 … ご がつ
6月 … ろく がつ
7月 … しち がつ
8月 … はち がつ
9月 … く がつ
10月 … じゅう がつ
11月 … じゅういち がつ
12月 … じゅうに がつ

❷ 日期的表示方法中，1日～10日以及14日、20日、24日均有特殊讀法，其餘則是在數字後面加上「日(にち)」，例如11日是「じゅういちにち」，以此類推。疑問詞是「何日(なんにち)」。

	ついたち 一日	ふつか 二日	みっか 三日	よっか 四日	いつか 五日	むいか 六日
なのか 七日	ようか 八日	ここのか 九日	とおか 十日	じゅういちにち 十一日	じゅうににち 十二日	じゅうさんにち 十三日
じゅうよっか 十四日	じゅうごにち 十五日	じゅうろくにち 十六日	じゅうしちにち 十七日	じゅうはちにち 十八日	じゅうくにち 十九日	はつか 二十日
にじゅういちにち 二十一日	にじゅうににち 二十二日	にじゅうさんにち 二十三日	にじゅうよっか 二十四日	にじゅうごにち 二十五日	にじゅうろくにち 二十六日	にじゅうしちにち 二十七日
にじゅうはちにち 二十八日	にじゅうくにち 二十九日	さんじゅうにち 三十日	さんじゅういちにち 三十一日			

❸ 年的表現則是直接在「～年（ねん）」的前面加數字，日本採用西元年以及天皇年號紀年兩種方式。目前在位的是平成天皇，平成元年爲西元1989年。

1年 …	いち ねん	
2年 …	に ねん	
3年 …	さん ねん	
4年 …	よ ねん	註：「4年」須讀作「よねん」，而非「(×)よんねん」。
5年 …	ご ねん	
6年 …	ろく ねん	
7年 …	なな ねん	
8年 …	はち ねん	
9年 …	きゅう ねん	
10年 …	じゅう ねん	
100年 …	ひゃく ねん	
1000年 …	せん ねん	

例：せん　きゅうひゃく　はちじゅう　きゅう　ねん
　　1　　　9　　　　　8　　　　9　　　年

へいせい　がん　ねん
平　成　　元　　年

（2） ～曜日

今日(きょう)は月曜日(げつようび)です。

今天是星期一。

❶「～曜日(ようび)」爲表示星期的說法，疑問詞爲「何曜日(なんようび)」。

日曜日 …	にち ようび	（星期日）
月曜日 …	げつ ようび	（星期一）
火曜日 …	か ようび	（星期二）
水曜日 …	すい ようび	（星期三）
木曜日 …	もく ようび	（星期四）
金曜日 …	きん ようび	（星期五）
土曜日 …	ど ようび	（星期六）

❷「～曜日」的「日」、或甚至「曜日」二字本身都可以省略，例如「月曜日」便可說成「曜日」或是「月」。

例：**休(やす)みは何曜日(なんようび)ですか。**　（星期幾休假？）

➥ **土曜日と日曜日です。**　（星期六和星期日。）

➥ **土日です。**　（六、日。）

❸ 表示日期的順序是「～年(ねん)～月(がつ)～日(にち)～曜日(ようび)」。

例：**きょうは２００７年７月８日日曜日です。**

（今天是2007年7月8日星期日。）

➥ **きょうは平成１９年７月８日日曜日です。**

（今天是平成19年7月8日星期日。）

（3） ■ ～時～分

いま はちじ じゅっぷん
今 8時 10分です。

現在是八點十分。

❶ 表示時刻的說法和年一樣，都是數字後面接時間量詞。

「何時（なんじ）」（～點）		「何分（なんぷん）」（～分）	
1時 …	いち じ	1分 …	いっ ぷん
2時 …	に じ	2分 …	に ふん
3時 …	さん じ	3分 …	さん ぷん
4時 …	よ じ	4分 …	よん ぷん
5時 …	ご じ	5分 …	ご ふん
6時 …	ろく じ	6分 …	ろっ ぷん
7時 …	しち じ	7分 …	なな ふん
8時 …	はち じ	8分 …	はっ ぷん
			はち ふん
9時 …	く じ	9分 …	きゅう ふん
10時 …	じゅう じ	10分 …	じゅっ ぷん
11時 …	じゅういち じ		じっ ぷん
12時 …	じゅうに じ		

❷ 日語中有些數字會因後面的量詞而產生發音變化，有些是數字本身的發音改變，有些是量詞的發音跟著變。例如數字「4」，讀音爲「よん、し」，但是「4時」卻讀作「よじ」而非「(×)よんじ、しじ」。又比如「分」的讀法爲「ふん」，但是「10分」卻唸成「じゅっぷん」或「じっぷん」，而非「(×)じゅうふん」。學習者在背誦時須多留意。

❸ 「今(いま)～時(じ)～分(ふん)。」為表示現在時刻的固定用法，「今」在此作時間副詞，不是主題，所以不能接助詞「は」。

例：**そちらは今何時(いまなんじ)ですか。**　（你那邊現在幾點？）

❹ 詢問動作發生的日期，除了「何月何日(なんがつなんにち)」、「何曜日(なんようび)」等明確的時刻問法之外，亦可使用較籠統的疑問詞「いつ」。

例：**試験(しけん)はいつですか。**　（考試什麼時候？）

➡ **火曜日です。**　（星期二。）

➡ **７月１日と２日です。**（七月一日和二日。）

❺ 關於時間的說法，可以有以下幾種表達方法。

例：**今 何時ですか。**

➡ **ちょうど９時です。**　（剛好9點整。）

➡ **９時１５分です／９時１５分過(す)ぎです。**
（9點15分 / 9點過15分。）

➡ **９時３０分です／９時半(はん)です。**
（9點30分 / 9點半。）

➡ **９時５５分です／１０時５分前(まえ)です。**
（9點55分 / 差5分10點。）

「～時」之後直接加「～分前」的說法，表示「差～分就～點」，通常是在接近整點時使用。

7 動詞句［非過去］

(1)

▶ ～はVます。

▶ ～はVません。

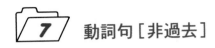

私(わたし)は毎朝(まいあさ)６時(じ)に起(お)きます。

日曜日(にちようび)、田中(たなか)さんは働(はたら)きません。

我每天早上六點起床。

星期日，田中先生不工作。

❶ 日語動詞句的基本架構是「～はVます」，後面的「Vます」爲前面主題「～は」的動作，注意不要將名詞句的句尾「です」套用到動詞句中。

例：**(×)私は毎朝６時に起きます<u>です</u>。**

❷ 「Vます」表示說話者對聽者的禮貌或客氣，敘述的是現在的習慣、真理，或未來即將發生的事，在日語的時態裡屬於「非過去形」，相當於現在式和未來式。

例：**田中さんは毎朝６時に起きます。**　----習慣

(田中先生每天早上６點起床。)

田中さんは今晩勉強(こんばんべんきょう)します。　----未來

(田中先生今晚會讀書。)

註：當主詞為第一人稱時，「Vます」亦可表示說話者的意志。例：「わたしは今晩勉強します。(我今晚要讀書。)」

❸「Vません」是「Vます」的否定形，意思是「某人不做或不準備做某事」。

例：**田中さんは働きません。**　（田中先生不工作。）

日曜日、田中さんは働きません。

（田中先生星期天不工作。）

❹ 動詞句中，在表示時間的名詞後面加上助詞「に」，可表示動作進行的時間，即中文的「在～時候」。但並非所有時間名詞都須加「に」，其中有些限制。

ア.助詞「に」通常用於<u>含有確切數字的時間名詞</u>之後。例如年月日時分，便必須加「に」

例：**夜(よる)１２時に寝(ね)ます。**　（晚上12點睡。）

３月２０日に来(き)ます。　（3月20日要來。）

イ.具副詞性質的時間名詞，例如「きょう、あした、きのう、今年(ことし)、来年(らいねん)、去年(きょねん)、今晩(こんばん)、今朝(けさ)、ゆうべ、毎朝(まいあさ)、毎日(まいにち)」等，修飾動詞時，不必加「に」，但書寫時可以加上逗點「、」區隔。 註「～曜日」修飾動詞時，後面的「に」可加可不加。

例：**あした、掃除(そうじ)します。**　（明天要打掃。）

今晩、勉強します。　（今晚要讀書。）

ウ.特定的時日、節日或是表示一段時間的名詞，例如「誕生日(たんじょうび)、クリスマス、夏休み(なつやすみ)」等，修飾動詞時通常加「に」。

例：**サンタはクリスマスイブに来ます。**

（聖誕老人在聖誕夜到訪。）

5. 若要表示動作發生時間僅爲大概時，可在時刻與「に」中間插入「ごろ」，表示約略的時間點，後面的「に」亦可省略。

例：**私は毎朝６時ごろ（に）起きます。**
（我每天早上大約6點起床。）

(1-1)

■ ～から～まで

鈴木(すずき)さんは水曜(すいよう)から金曜(きんよう)まで働(はたら)きません。

鈴木小姐星期三到星期五不工作。

1. 「～から～まで」表示起點和終點，因此當時間名詞後接助詞「から」時，表示動作開始的時間；後接「まで」時，表示動作完了的時間。二者不一定一起使用，也可以單獨出現。

例：**学校(がっこう)は９時から始(はじ)まります。**（學校９點開始上課。）
５時までアルバイトします。（打工到５點。）

2. 「から」和「まで」後面不一定要接動詞，如果語意夠明確，也可以省略動詞，改採用名詞句「～は～です」的形式。

例：**夏休(なつやす)みはいつからいつまでですか。**
（暑假從什麼時候到什麼時候？）

会議は来週の金曜日までです。

（會議進行到下週五。）

テストは８時からです。

（考試從8點開始。）

もっと

「から、まで」除了和時間名詞搭配表示開始、結束的時間點之外，亦可接續地點、人、事物，表示「起迄點」或「範圍」。

例：この列車は台北から高雄まで走ります。

(這班列車從台北行駛到高雄。)

例：大人から子供まで　(從大人到小孩)

心から信じます。　(打從心底相信。)

（2）▶ ～に［帰着点］Vます。

これから地下鉄(ちかてつ)に乗(の)ります。

我現在要搭地下鐵。

❶ 「これから」的意思是「現在、接下來」，標題句中省略了主題「私」，完整的句子是「私はこれから地下鉄に乗ります」，「乗ります」表示搭乘（交通工具）之意，前接助詞「に」。

❷ 前面提到，助詞「に」接在時間名詞之後，可以表示精確的時間點，但在這裡則是做動作或作用最終的「歸著點」解釋，前接場所，「～に乗ります」也就是「搭乘、坐上～」的意思。

❸ 以「に」表示歸著點的用法有下列兩種主要類型。

ア.主體本身變換位置的動作。

例：**教室(きょうしつ)に入(はい)ります。**　（進入教室。）
うちに帰(かえ)ります。　（回家。）
東京(とうきょう)に着(つ)きます。　（抵達東京。）

ィ.主體使某物變換位置的動作。

例：**壁(かべ)に貼(は)ります。**　（貼在牆壁上。）
ここに捨(す)てます。　（丟到這裡。）
机(つくえ)の上(うえ)に置(お)きます。（放在桌子上。）

（3） ～に［対象］Vます。

明日（あした）、あなたに電話（でんわ）します。

我明天打電話給你。

❶ 助詞「に」除了接在時間名詞之後表示「時間點」的用法，與接在場所名詞之後表示動作或作用最終的「歸著點」之外，也有表示「動作作用的對象」之意。

❷ 標題句中的「あなたに」，即表示「電話します（打電話）」的對象。助詞「に」所表示的動作作用的對象之意，指的是「單方向」的。註：若是「雙方向」的對象則要用「と」，例如「友達（ともだち）と喧嘩（けんか）します(和朋友吵架)」。

例：**先生に贈（おく）ります。**　　（送給老師。）
　　弟（おとうと）に教（おし）えます。　　（教弟弟。）

例：**そのことは田中さんに話（はな）しますか。**
　　（那件事要跟田中先生說嗎？）

（4）

▶ ～で～へVます。

わたし ひこうき にほん い
私は飛行機で日本へ行きます。

我要搭飛機去日本。

❶ 「行きます(去)、来ます(來)、帰ります(回來、回去)、歩きます(走)、走ります(跑)」等與行進有關的動詞稱爲移動動詞，「場所＋へ＋移動動詞」表示朝某個場所前進。助詞「へ」的發音同「え」，表示移動的方向。

例：**どちらへ行きますか。** （你要上哪兒去啊？）

❷ 此時的「へ」也可以用助詞「に」替換，只是「へ」較偏重強調動作、作用進行的過程或方向，而「に」則著重於動作或作用最終的歸著點。

例：**9時に友達(ともだち)のうちへ/に行きます。**
（九點要到朋友家去。）

❸ 助詞「で」表示動作、行爲的手段、方法，當接在公車、地鐵、飛機等交通工具後面，與移動動詞一起使用時，則有搭乘交通工具移動的意思。中文譯爲「搭(乘)」。

例：**マイクで歌(うた)います。** （用麥克風唱歌。）
バスで学校へ行きます。 （搭公車上學。）
タクシーでうちへ帰(かえ)ります。 （搭計程車回家。）

註：不使用交通工具而改以步行時，須作「歩いて」，而非「(×)足で」，例如「毎日歩いて学校へ行きます(我每天走路上學)」。参見p.164。

（5） ▶ ～で～をVます。

次の駅で電車を降ります。

在下一站下車。

❶ 「降ります」也是移動動詞，「場所＋を＋移動動詞」通常有兩個意思。

ア.後接有關「離開」含義的動詞，例如「降ります、離れます、出ます」等，表示離開某個空間、對象。

例：**港を離れます。**　　(出港。)

家を出ます。　　(離家、出門。)

イ.後接不含方向性的移動動詞，例如「走ります、渡ります」等，表示經過、通過的空間。

例：**公園を走ります。**　　(跑公園。)

道を渡ります。　　(過馬路。)

あの街角を左に/へ曲がります。(在那個街角向左轉。)

❷ 助詞「で」除了表示方法、手段，也可以表示動作進行之處，此時前接場所。

例：**図書館で勉強します。**　　(在圖書館裡讀書。)

桃園で飛行機に乗ります。　　(在桃園搭飛機。)

註：比較「飛行機で高雄へ行きます(要搭飛機去高雄)」。

❸ 同樣都可前接場所，助詞「を」表示經過的空間；「で」表示動作進行的場所；「へ」表示動作的方向；「に」表示動作的歸著點，含義各有不同，須多加留意。

8 動詞句［他動詞］

（1） ～は～をVます。

父(ちち)は毎日新聞(まいにちしんぶん)を読(よ)みます。

父親每天都會看報紙。

❶ 日語動詞分為自動詞與他動詞，之前我們所學的動詞中，「起(お)きます、行(い)きます…」等都是自動詞，但也有「食(た)べます、飲(の)みます、書(か)きます、見(み)ます...」等他動詞。

❷ 自動詞和他動詞的最大區分是，他動詞會有受詞。以「吃」這個動作為例便是「吃～」，「～」代表受詞。日語的語順為「受詞＋を＋他動詞」，助詞「を」表示動作作用的對象，發音同「お」。註：日語的語順與中文不同，動詞必須放在句子最後。

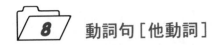

例：朝ごはんを食(た)べます。 （吃早餐。）
　　コーヒーを飲(の)みます。 （喝咖啡。）
　　テレビを見(み)ます。 （看電視。）

（2） ▶ Nをします。

毎日勉強をします。（まいにちべんきょう）

每天讀書學習。

❶ 日語動詞中有一個特殊動詞「します」，經常作「Nをします」的表現方式，這裡的「します」作他動詞，可將極大範圍的名詞列爲受詞，相當於中文的「做～」。

例：**勉強をします。**（讀書。）
（勉強：受詞；します：動詞）

❷ 「Nをします」中的N，通常是具有動作含義的動作性名詞，有時也會用到一般名詞，尤其是表示「做運動」或是「舉行～」的含義時，常可見到N為「テニス、ピンポン、サッカー、パーティー、会議...」的例子。

例：**テニスをします。**（打網球。）
ピンポンをします。（打乒乓球。）
サッカーをします。（踢足球。）
パーティーをします。（開派對。）
会議をします。（かいぎ）（開會。）

❸ 「します」也可以直接和動作性名詞結合成複合動詞「Nします」。

例：**勉強をします。** ----他動詞片語
勉強します。 ----他動詞

4. 當「Nをします」前面有受詞時，注意不能直接作「(×) N_2をN_1をします」，而是必須轉換成「N_2のN_1をします」，或是「N_2をN_1します」，維持「受詞＋を＋他動詞」的形式。

例：(×)日本語を勉強をします。

(○)日本語の勉強をします。
受詞　動詞

(○)日本語を勉強します。
受詞　動詞

9 動作頻率

(1)

よく・あまり

理沙(りさ)さんはよくテレビを見(み)ますか。

[肯]:はい、よくテレビを見ます。

[否]:いいえ、あまりテレビを見ません。

理沙小姐常看電視嗎?
是的,常看電視。
不,不常看電視。

1. 「よく」是表示動作、行爲頻率的副詞,放在所修飾動詞之前,中文意思是表示次數多、頻率高的「經常」。

例:**田中さんはよくピンポンをします。**
(田中先生常打乒乓球。)
張さんはよく野球(やきゅう)の試合(しあい)を見ます。
(張先生常看棒球比賽。)

もっと

另外,「よく」還有一種意思,是表示程度高、質量好。

例:わたしは日本語がよくわかりません。
(我不太懂日語。)
野球のルールがよくわかります。
(我很清楚棒球規則。)

2. 「あまり」也是表示動作、行爲頻率的副詞，但是後面要接「～ません」作否定用法，表示頻率、次數不是很高。

3. 除了「よく」和「あまり」外，「いつも」「時々」「全然」也是常見用於表示頻率的程度副詞。其頻率由高到低分別爲：

「いつも」→表示平常的作息或習慣，意思是「平常總是～」

「よく」　→表示頻率頻繁，但還未到成爲固定行爲模式。

「時々」　→頻率比「よく」稍低，意思是「平時常～」、「有時、偶爾～」。

「あまり」→後接否定，表示頻率很低。

「全然」　→後面接否定，強調「完全不…」。

例：**いつも学校の食堂で昼ごはんを食べます。**

（總是在學校餐廳吃午飯。）

山本さんはよく映画を見ます。

（山本小姐常看電影。）

母は時々日本料理を作ります。

（母親偶爾做日本料理。）

あの人はあまり運動をしません。

（他不常做運動。）

わたしは全然刺し身を食べません。

（我完全不吃生魚片。）

10 動詞句［過去］

(1)

▶ ～はVましたか。
◀ はい、Vました。
◀ いいえ、Vませんでした。

きのう、勉強(べんきょう)しましたか。
［肯］：はい、勉強しました。
［否］：いいえ、勉強しませんでした。

昨天有讀書嗎？
是的，有讀。
不，沒有讀。

❶ 動詞的疑問句一樣是直接在句尾加上疑問助詞「か」。

❷ 「Vました」是「Vます」的過去式，表示過去或完了的動作、事件，或是動作留下的結果、狀態。否定形爲「Vませんでした」，意指過去沒有發生的動作或事件。

例：私はちょっと疲(つか)れました。（我有一點累了。）
　　ゆうべよく寝(ね)ませんでした。（昨晚沒有睡好。）

	非過去式(現在、未來)	過去式
肯定	勉強します	勉強しました
否定	勉強しません	勉強しませんでした

❸ 回答動詞句的Yes-No疑問句(即不含疑問詞的疑問句)時，可以選擇簡答「はい」「いいえ」，或是之後再補上動詞。例如「はい、～ます」「はい、～ました」、「いいえ、～ません」「いいえ、～ませんでした」。

例：**土曜日は働(はたら)きますか。**　（星期六要工作嗎？）

➡ **はい、（土曜日）働きます。**
（是的，(星期六) 要工作。）

➡ **いいえ、（土曜日）働きません。**
（不，(星期六) 不工作。）

❹ 注意名詞句的Yes-No疑問句所用的特定答法「そうです」「そうではありません」「違います」，並不能用於動詞句的Yes-No疑問句。

例：**きのう、勉強しましたか。**

➡（×）**はい、そうです。**

➡（×）**いいえ、そうではありません。**

➡（×）**いいえ、違います。**

(2)

▶ (もう) Vましたか。

◀ はい、もうVました。

◀ いいえ、まだです。

もう、昼(ひる)ごはんを食(た)べましたか。

[肯]:はい、もう食べました。

[否]:いいえ、まだです。これから食べます。

你(已經)吃過飯了嗎?
是的,已經吃了。
不,還沒有。將要去吃。

1. 副詞「もう」相當於中文的「已經」,與「Vました」一起使用時,強調動作或狀態已經結束。其反義字爲「まだ」,相當於中文的「還沒有~」。

例:夏休(なつやす)みはもう始(はじ)まりました。 (暑假已經開始了。)
夏休みはまだです。 (暑假還沒有開始。)

2. 「Vました」有兩種含義,一是過去發生的動作或事情(=英語的過去式),二是講話當時已完成的動作(=英語的過去完成式)。其區別可藉由「きのう」「もう」等時間副詞或是上下文來作判斷。

3. 針對「Vましたか」作答時,如果是第一種含義,則回答「はい、Vました」或「いいえ、Vませんでした」;如果是第二種含義,則回答「はい、もうVました」或「いいえ、まだです」。註:另有其他回答方式,參見P.133。

例：きのう、新聞(しんぶん)を読(よ)みましたか。----詢問過去的動作
(昨天看報紙了嗎？)

➥ はい、読みました。 (是，看了。)

➥ いいえ、読みませんでした。(不，沒看。)

例：(もう) 第三課(だいさんか)を習(なら)いましたか。----詢問動作是否完成
(已經學第三課了嗎？)

➥ はい、もう習いました。 (是的，已經學了。)

➥ いいえ、まだです。 (不，還沒 (學)。)

11 共同行動

(1) ▶ 人と一緒にVます。

田中さんと(一緒に)昼ご飯を食べました。

和田中先生一起吃了午飯。

❶ 助詞「と」除了連接名詞與名詞，作「並列」用法之外，也可以接在人名後面，表示共同行爲者。後面若再加上副詞「一緒に」，意思將更明確。

例：**高さんと一緒に帰りました。**
(和高先生一起回家了。)
友達と一緒に映画を見ました。
(和朋友一起看了電影。)

❷ 如果要提示共同做動作時的參與人數時，可以用「人數＋で」表示。註：關於人數的日語說法，參見p.101。

例：**田中さんと二人で昼ご飯を食べました。**
(我和田中先生二人一起吃了午飯。)
ゆうべ一人でご飯を食べました。
(昨晚我一個人吃飯。)
お母さんとお姉さんと三人でデパートへ行きます。
(我和媽媽、姊姊三個人一起去百貨公司。)

12 邀約

（1）▶ 一緒にVましょうか。

一緒（いっしょ）にご飯（はん）を食べましょうか。

一起吃飯好嗎？

❶ 「Vましょう」是「Vます」的意向形，表示說話者的意志，相當於中文「～吧」。

❷ 「Vましょう」的形式加上「か」，有詢問對方意願，積極邀請對方共同行動的意思，中文是「我們一起來做～吧，好嗎？」。

例：**一緒に帰りましょうか。**　（一起回家吧，好嗎？）

イタリア料理（りょうり）を食べましょうか。
（吃義大利菜吧，好嗎？）

❸ 意向形「Vましょう」也可以用於邀約，但由於是表達自己的意志，語氣較直接，一般較建議用在接受對方邀請時的回應，表示積極響應。

例：**ビールを飲みましょう。**（我們來喝啤酒吧。）

例：**映画（えいが）を見ましょうか。**　（一起去看電影吧，好嗎？）

➡ **うん、見ましょう。**　（嗯，看電影吧！）

註：「うん」相當於「はい」，但只用於親近的人之間。

（2）▶ 一緒にVませんか。

一緒(いっしょ)に行(い)きませんか。

要不要一起去？

❶ 這裡的「Vませんか」沒有否定之意，而是用來表現勸誘、邀請的說法。當對方用「Vませんか」邀約時，可以回答「ええ、いいですね」或「Vましょう」。註：「ええ」是「はい」的口語，終助詞「ね」在此表示贊同對方意見。

例：**一緒に行きませんか。**（要不要一起去？）

➥ **ええ、いいですね。行きましょう。**
（好啊，一起去吧！）

❷ 拒絕對方的邀約時，除了清楚說明無法配合的理由外，也可以僅以「ちょっと」含糊帶過。

例：**日曜日、みんなで山(やま)に登(のぼ)ります。**
一緒に行きませんか。
（星期天大家要去爬山，你要不要一起去？）

➥ **すみません、日曜日はちょっと…**
（抱歉，星期天有點不方便……）

❸ 相較於「Vましょうか」，以否定疑問的形式「Vませんか（要不要～？）」詢問對方參與意願的用法，更顧慮到對方的情形、想法，通常是在不確定對方是否會答應時使用。

13 人際關係

(1) 家族の呼び方

A：こちらはお父(とう)さんですか。
B：はい、父(ちち)です。

這一位是令尊嗎？
是的，是家父。

❶ 日本社會很重視「親疎関係(しんそかんけい)」和「上下関係(じょうげかんけい)」。「親疎」是指親近、熟悉（例如親朋好友之間）與疏遠（例如初次見面、不熟悉的人），也有人稱爲「内外関係(うちそと)」。「上下関係」則是指年齡長幼或社會地位高低的人際關係，例如長輩與晚輩、老師與學生、上司與部屬之關係。

❷ 在家族稱謂上，日本人同樣謹守著敬稱和自稱的分別。中文裡也有類似情形，例如稱他人的父親爲「令尊」，稱自己父親爲「家父」；稱他人的母親爲「令堂」，稱自己的母親爲「家母」……。右頁便是日語裡對外稱呼家族成員時的敬稱與自稱的彙整。

❸ 在對外的稱呼之外，家族內也有不同的稱呼。例如稱祖父爲「じいさん」，稱祖母「ばあさん」，稱呼父親「とうさん」，稱呼母親「かあさん」，稱呼哥哥「にいさん」，稱呼姐姐「ねえさん」等等，這些都是將敬稱的第一個

字「お」拿掉而已。另外，也可將「～さん」改為「～ちゃん」，這就顯得更親密，例如「ばあさん」→「ばあちゃん」，「かあさん」→「かあちゃん」。而對於家族內的晚輩，像是弟弟、妹妹、兒子、女兒、孫子等等，皆稱其名字即可。

敬稱 (對他人尊敬的稱謂)		自稱 (自稱時的說法)
おじいさん	（祖父）	そふ
おばあさん	（祖母）	そぼ
おとうさん	（父親）	ちち
おかあさん	（母親）	はは
おにいさん	（哥哥）	あに
おねえさん	（姊姊）	あね
おとうとさん	（弟弟）	おとうと
いもうとさん	（妹妹）	いもうと
おこさん	（兒子）	むすこ
おじょうさん	（女兒）	むすめ
おまごさん	（孫子）	まご

（2） お～・ご～

A：お国(くに)はどちらですか。
B：台湾(たいわん)の台北(たいぺい)から来(き)ました。

貴國是哪裡呢？
我來自臺灣的臺北。

❶ 日語經常在名詞或形容詞之前加上「お」或「ご」，表示對對方的尊敬。「お」通常加在「和語」（日文原有的語彙）之前，例如「お考(かんが)え」、「お願(ねが)い」、「お忙(いそが)しい」、「おいくつ」等等。

例：**お願(ねが)いします。**　　(拜託您了。)

❷ 「ご」通常加在「漢語」(以漢音發聲的語彙)之前，例如「ご専攻(せんこう)」、「ご意見(いけん)」、「ご質問(しつもん)」、「ご住所(じゅうしょ)」等等。

例：**ご専攻(せんこう)は何ですか。**　　(您專攻什麼？)

❸ 「～から来ました」是指從哪個地方來的意思，常見於自我介紹中，也可以作「～から参(まい)りました」，後者為謙讓的表現。註：「謙讓表現」請參見本系列叢書《3級文法一把抓》〈敬語〉單元。

例：**初(はじ)めまして、〇〇〇です。**
台湾の台北から参(まい)りました。
どうぞよろしくお願いします。
(幸會！我叫〇〇〇，來自台灣台北，請多多指教。)

もっと

場景── 韓國友人介紹臺灣來的朋友給日本同事認識。

キム：森田さん、友達を紹介します。
　　　こちらは王さんです。
　　　王さん、こちらは同僚の森田さんです。
王　：初めまして(1)、王です。
　　　どうぞよろしくお願いします(2)。
森田：森田です。
　　　こちらこそ(3)。どうぞよろしくお願いします。
　　　王さんも韓国人ですか。
王　：いいえ、韓国人ではありません。
　　　台湾の台北から来ました。
森田：そうですか(4)。
キム：王さんは留学生です。
森田：そうですか。学校はどちらですか。
王　：東京大学です。
森田：ご専攻は(5)。
王　：環境保護（かんきょうほご）です。

(1) 問候語，用於第一次見面時，意思是「初次見面」「幸會」。

(2) 慣用語，意思是「請多多指教」。

(3) 慣用語，可譯為「哪裡哪裡」「彼此彼此」，用於回應對方的「どうぞよろしくお願いします」。後頭接同樣的「どうぞよろしくお願いします」，表示雙方彼此互相關照。

(4) 慣用語，用於經人說明後，表示了解，「這樣呀」的意思。非疑問句，句尾聲調不可提高，須下降。

(5) 完整的句子是「ご専攻は何ですか」。

中譯：

金　：森田兄，我來介紹我朋友給你認識。
　　　這位是王先生。王兄，這位是我同事森田先生。

王　：幸會，幸會。我姓王，請多多指教。

森田：我是森田，彼此彼此，請多多指教。
　　　王先生也是韓國人嗎？

王　：不，我不是韓國人，我是從台灣台北來的。

森田：是這樣啊。

金　：王先生是留學生。

森田：這樣呀，學校是哪一所呢？

王　：東京大學。

森田：專攻是？

王　：環保。

（3） 複数の言い方

私(わたし)たちは友達(ともだち)です。

我們是朋友。

1. 「～たち（達）」是代表複數的意思，所以「我們」是「私たち」，「你們」是「あなたたち」，「子供たち」是指「孩子們」，以此類推。

2. 但要注意「他們」一般不用「～たち」，而是作「彼(かれ)ら」。「～ら」也是表示複數的意思。

例：私(わたし)たち　あなたたち　彼(かれ)ら

3. 「你們」除了「あなたたち」的講法之外，用「あなたがた」來表現則更有禮貌，這相當於中文的「您們」。「～がた」是敬稱，漢字寫成「方」，前面的名詞接續不像「～たち」般隨意，不能用於自己或是不值得尊敬的人。

例：(◯) 先生がた　（老師們）
(×) 私がた
(×) 犯人(はんにん)がた

プチテスト（小測驗）

(1)　あしたは　しごと____　休（やす）みます。

(2)　毎年（まいとし）　7月　______　9月まで　夏休（なつやす）みです。

(3)　A「しけんは　はじまりましたか。」

　　B「いいえ、____________。」

(4)　A「ひとりで　行（い）きますか。」

　　B「いいえ、はは____　行きます。」

(5)　日本（にほん）の　おんがくは　______　聞（き）きません。

(6)　つぎの　えきで　でんしゃ____　おります。

(7)　この　りょうりは　ぎゅうにゅうと　たまご____

　　つくります。

正解：

(1) を　(2) から　(3) まだです

(4) と　(5) あまり　(6) を　(7) で

14 形容詞句［非過去］

(1)

■ Aい＋N

古（ふる）い町（まち）

古老的城鎮

❶ 用來形容人或事物的性質、狀態的詞稱爲形容詞，日語中的形容詞，語尾會依時態、肯定或否定產生變化，語法上稱爲活用。

❷ 日語形容詞有兩種，其語尾及活用形態皆不相同。文法上依其修飾名詞時語尾的形態分爲イ形容詞與ナ形容詞。

❸ イ形容詞（傳統文法稱爲形容詞）」的特性是語尾一定是「い」，修飾名詞時，直接放在名詞之前，不作變化。千萬不可因中文譯成「～的～」，便自作主張在イ形容詞後加上「の」。

例：（✕） 古いの町

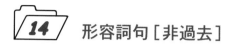

（○） 京都（きょうと）は古い町です。 （京都是座古老的城鎮。）

（2）

▶ ～はAいです。

▶ ～はAくないです。（～はAくありません。）

きょうは暑（あつ）いです。

きょうは暑くないです。

今天很熱。

今天不熱。

❶ 將イ形容詞放在「～です」之前，作成「～はAいです」，其中「Aい」代表イ形容詞，表示主題爲該形容詞所提示的性質或狀態，這種句子稱爲「イ形容詞句」。

例：**新幹線（しんかんせん）は速（はや）いです。**　（新幹線速度很快。）

この建物（たてもの）は古いです。（這棟建築很古老。）

❷ イ形容詞可分解爲兩個部分，以「暑い」爲例，其中「暑」爲語幹，無活用；「い」爲語尾，有活用，後接否定時須將語尾「い」改成「く」，再加上「ないです」或是「ありません」。

肯定句	→	否定句
きょうは暑いです。	→	**きょうは暑く<u>ないです</u>。**
きょうは暑いです。	→	**きょうは暑く<u>ありません</u>。**

「あつい」漢字寫成「暑い」時，意指天氣熱，此時的反義字是「さむい（寒い）」（寒冷的）；寫成「熱い」時，意指溫度燙，此時的反義字是「つめたい（冷たい）」（冰冷的）。

❸ 「いい」爲イ形容詞中的特例，否定形時須作「よくないです」或是「よくありません」，學習時要多留意。

肯定句		否定句	
速いです	(快的)	速くないです	速くありません
遅(おそ)いです	(慢的)	遅くないです	遅くありません
悪(わる)いです	(壞的)	悪くないです	悪くありません
いいです	(好的)	よくないです	よくありません

(3)

Naな＋N

ゆうめい
有名なカメラ

有名的相機

❶ ナ形容詞（傳統文法稱為形容動詞）」同樣有語幹和語尾。以「有名」為例，語幹為「有名」，無活用；語尾是「だ」，但通常不標示，只在活用時才出現。例如修飾名詞時便必須加「な」(故稱「ナ形容詞」)，「な」是「だ」的語尾變化。註：ナ形容詞在字典中僅標示語幹。

例：(×) 有名カメラ
(×) 有名だカメラ
(○) 有名なカメラ

❷ 同樣是修飾名詞，「N＋N」時用助詞「の」修飾，「イ形容詞＋N」時直接修飾，「ナ形容詞＋N」時語尾須作「な」，三者中文皆譯成「～的～」，但實際有「の」出現的，只有「N＋N」的情況。

ア. N＋N → **私のカメラ** （我的相機）
イ. イ形＋N → **いいカメラ** （好的相機）
ウ. ナ形＋N → **有名なカメラ** （有名的相機）

(4)

▶ ～はNａです。

▶ ～はNａではありません。

佐藤先生(さとうせんせい)は親切(しんせつ)です。

佐藤先生は親切ではありません。

佐藤老師很親切。
佐藤老師不親切。

❶ 將ナ形容詞放在「～です」之前，作成「～はNaです」，其中「Na」代表ナ形容詞，表示主題爲該形容詞所提示的性質或狀態，這種句子稱爲「ナ形容詞句」。

例：**桜(さくら)はきれいです。**　　(櫻花很漂亮。)

この辺(あた)りは賑(にぎ)やかです。　(這附近很熱鬧。)

❷ ナ形容詞句的否定形和名詞句相同，就是將「です」改爲「ではありません」，或是作比較口語的講法「じゃありません」。

肯定句　→　否定句

先生は親切です。→　先生は親切ですありません。

(=じゃありません)

❸ 結尾爲「い」的形容詞通常都是イ形容詞，但也有些ナ形容詞的結尾爲「い」，像是「きれい」、「嫌い」等，此時的否定形仍是按照ナ形容詞的原則作變化。

例：(✕)　**きれくないです。**

(○)　**きれいではありません。**

(4-1)

▶ ～はAい / Naですか。

▶ はい、Aい / Naです。

▶ いいえ、Aくないです / Naではありません。

あの人は有名（ゆうめい）ですか。

［肯］：はい、有名です。

［否］：いいえ、有名ではありません。

那個人有名嗎？
是，有名。
不，並不有名。

1. 回答形容詞疑問句時，要重複疑問句中的形容詞。不同於之前學過的名詞疑問句，千萬不可用「そう」代替疑問句中的形容詞。

例：予算（よさん）はきついですか。　(預算吃緊嗎？)

➡（○）はい、きついです。　(是的，吃緊。)

➡（×）はい、そうです。

➡（○）いいえ、きつくないです。　(不，不吃緊。)

➡（×）いいえ、そうではありません。

(4-2)

・・・。そして ・・・。

李(り)さんの部屋(へや)は広(ひろ)いです。そしてきれいです。

李小姐的房間大，而且乾淨。

❶ 「そして」是用來連接兩個句子的接續詞，相當於中文的「而且」。

例：**この教室(きょうしつ)は古(ふる)いです。そして汚(きたな)いです。**

（這間教室很舊，而且又很髒。）

❷ 「そして」必須用於對某人或某事物有兩個正面評價，或評價兩個皆是負面時。

例：（○）**太郎君(たろうくん)はハンサムです。そして優(やさ)しいです。**

（太郎很英俊，而且又體貼。）

（○）**太郎君はわがままです。そして乱暴(らんぼう)です。**

（太郎很任性，而且又粗魯。）

（×）**太郎君はハンサムです。そして乱暴です。**

もっと

「そして」常與「も」一起出現，表示同質性，尤其是前後串連不同主題的句子時。

例：**母親(ははおや)は美人(びじん)です。そして娘(むすめ)たちもきれいです。**

（母親是美人，而且女兒們也漂亮。）

15 程度

(1)

■ とても・あまり

とても楽(らく)です。
あまり楽じゃありません。

非常輕鬆。
不太輕鬆。

❶ 形容詞句也可以利用「とても」和「あまり」來增加變化，「とても」和「あまり」都是程度副詞，用來修飾人、事、物的程度。

❷ 「とても」通常用來修飾形容詞，位置放在形容詞之前，用於肯定句，相當於中文的「很、非常」。

例：**北海道(ほっかいどう)の冬(ふゆ)はとても寒(さむ)いです。**
（北海道的冬天非常冷。）

❸ 「あまり」用來修飾形容詞或動詞，位置放在形容詞或動詞之前。後面會跟「～ません」，用於否定句，相當於中文的「不太」。註：「あまり」亦可表示頻率，参見p.53。

例：**沖縄(おきなわ)の冬はあまり寒くないです。**
（沖縄的冬天不太冷。）

4. 「とても」、「あまり」所修飾的形容詞，如果有再修飾名詞時，就以最後的名詞來做活用。

例：（○）あまり有名ではありません。
（不太有名。）

（○）あまり有名な店（みせ）ではありません。
（不太有名的店。）

（×）あまり有名ではありません店（みせ）です。

（2）

どう・いかが

大学生活(だいがくせいかつ)はどうですか。

大學生活怎麼樣？

1. 「どう」是詢問對方對於某件事物的感覺、印象的疑問詞。用疑問詞「どう」問的句子，其回答通常會用形容詞句來回答。

例：**大学生活は<u>どう</u>ですか。**（大學生活怎麼樣？）

➡ **とても楽(たの)しいです。**（非常快樂。）

➡ **つまらないです。**（很無聊。）

2. 也可以將「どう」代換成「いかが」。「いかが」為「どう」的客氣說法。

例：**大学生活は<u>いかが</u>ですか。**（大學生活怎麼樣？）

➡ **あまり楽(らく)ではありません。**（不太輕鬆。）

➡ **あまり楽(たの)しくないです。**（不怎麼有趣。）

「らく（楽）」為ナ形容詞，意思是簡單的、輕鬆的；「楽しい」是イ形容詞，意思是快樂的。

(3)

どんな～

A：お父(とう)さんはどんな人(ひと)ですか。

B：とても厳(きび)しい人です。

你父親是個什麼樣的人？
是個非常嚴肅的人。

1. 「どんな」是用來詢問人或事物的性質、狀態的疑問詞，此疑問詞又是連體詞，所以不可單獨存在，後面必須加名詞，相當於中文「什麼樣的～？」。

2. 回答「どんな＋名詞」的疑問句時，通常可用「形容詞＋名詞」來回答。

A：台中(たいちゅう)はどんな所(ところ)ですか。
（台中是什麼樣的地方？）

B：とてもにぎやかな所です。
(非常熱鬧的地方。)

16 合併句［形容詞句］

（1）

▶ ～はAくて、～です。

▶ ～はNaで、～です。

バナナはおいしくて、安(やす)いです。

阿里山(ありさん)は静(しず)かで、きれいです。

香蕉好吃又便宜。

阿里山既安靜又美麗。

❶ 之前在形容詞單元，曾經提過用接續詞「そして」來連接二個評價相同的句子。但如果是兩句要併作一句時，イ形容詞是去掉語尾「い」，加上「くて」。

註：「いい」的て形為「よくて」。

例：
- バナナはおいしいです。（香蕉好吃。）
- バナナは安いです。（香蕉便宜。）

→バナナはおいしくて、安いです。
（香蕉好吃又便宜。）

❷ ナ形容詞句的作法則是和名詞句一樣，直接將「です」改成中止形「で」即可。

例：
- 阿里山は静かです。（阿里山很安靜。）
- 阿里山はきれいです。（阿里山很美麗。）

→阿里山は静かで、きれいです。
（阿里山既安靜又美麗。）

❸ 除了「イ形容詞＋イ形容詞」「ナ形容詞＋ナ形容詞」之外，也可以作「イ形容詞＋ナ形容詞」或「ナ形容詞＋イ形容詞」。

例：**この機械(きかい)は小(ち)さくて、便利(べんり)です。**----イ形＋ナ形
（這個機器又小又方便。）
このかばんは丈夫(じょうぶ)で、軽(かる)いです。----ナ形＋イ形
（這個包包又耐用又輕。）

❹ 但是，這種接續表現不適用於價值觀、評價相反的句子。此時必須用接續詞「が」來連接。註：參見下頁。

例：（✕）**携帯電話は便利で高いです。**
（○）**携帯電話(けいたいでんわ)は便利(べんり)ですが高(たか)いです。**
（行動電話雖然方便，但是很貴。）

（2）▶ ・・・が、・・・。

携帯電話(けいたいでんわ)は便利(べんり)ですが、高(たか)いです。

行動電話雖然方便，但是很貴。

1. 這裡的「が」是做逆接的表現，用來連接兩個性質不同（一正面一負面或一負面一正面）的接續助詞，相當於中文的「但是、雖然」。

2. 助詞「が」在接續時，直接加在前句的句尾即可，不須作變化。

例：
携帯電話は便利です。　（行動電話很方便。）
携帯電話は高いです。　（行動電話很貴。）

→**携帯電話は便利ですが、高いです。**
（行動電話雖然方便，但是很貴。）

3. 表示逆接的助詞「が」，不只用於形容詞句，亦用於名詞句和動詞句。

例：**太郎君は行きますが、わたしは行きません。**
（太郎要去，但是我不去。）
きょうは休(やす)みですが、明日(あした)は休みではありません。
（今天休假，但是明天沒有休假。）

17 名詞句／形容詞句［過去］

（1）

▶ ～はNでした。

▶ ～はNではありませんでした。

きのうは雨（あめ）でしたか。

［肯］：はい、雨でした。

［否］：いいえ、雨ではありませんでした。

昨天下了雨嗎？
是，下了雨。
不，沒有下雨。

1. 「でした」是「です」的過去式。在日語裡，除了動詞句有時態變化之外，名詞句也有時態變化，像是敘述過去的事物、情況或狀態時，便要用過去式。

例：きのうは休日（きゅうじつ）でした。　（昨天是假日。）

2. 否定形「～ではありません」或「～じゃありません」則是直接在後面加上「でした」，變成「～ではありませんでした」或「～じゃありませんでした」。

例：きょうはいい天気（てんき）ですが、
きのうはいい天気ではありませんでした。
（今天天氣很好，但是昨天天氣不好。）

（2）
▶ ～はAかったです。
▶ ～はAくなかったです。
（～はAくありませんでした。）

きのうは暑（あつ）かったです。
きのうは暑くなかったです。

昨天很熱。
昨天不熱。

❶ イ形容詞句的過去式是把語尾的「い」改成「かった」，最後在句尾加上「です」。

例：**ゆうべのテレビは面白（おもしろ）かったですか。**
（昨晚的電視好看嗎？）

❷ 和非過去否定句時一樣，イ形容詞句的過去否定也有兩種形式，一是將否定時的語尾「～くない」改成「～くなかった」，再在句尾加上「です」。二是直接在否定形的敬體說法「～くありません」後面加上「でした」。

註：「敬體」請參見p.176。

非過去否定　→　過去否定

きょうは暑くないです。　→ きのうは暑くなかったです。
きょうは暑くありません。→ きのうは暑くありませんでした。

❸ 活用方式特殊的イ形容詞「いい」，其活用都是由「よい」這個字來變化的——

例：高校（こうこう）の時（とき）、成績（せいせき）があまりよくありませんでした。
（高中時成績不太好。）

	非過去	過去
肯定句	いいです (よいです)	よかったです
否定句	よくないです よくありません	よくなかったです よくありませんでした

註：非過去肯定用法「いい」「よい」二者皆可使用，但修飾名詞時多用「いい」。

もっと

「よかった」還有表示事情出乎意料之外的好結果時所發出的興奮語氣，中文意思是「太好了」。其意思和用法都和「いいですね」(好啊！)不同。

A：今度（こんど）の日曜日、映画を見ませんか。
(下個星期日要不要去看電影？)

B：いいですね。　(好啊！)

先生：全員合格（ぜんいんごうかく）！　(全部的人都及格！)

学生：よかった！。　(太好了！)

（3）

▶ ～はＮａでした。

▶ ～はＮａではありませんでした。

昔(むかし)、ここは静(しず)かでした。

昔、ここは賑(にぎ)やかではありませんでした。

以前這裡很安靜。
以前這裡不熱鬧。

❶ ナ形容詞的過去式是直接變換語尾「です」的時態，改成「でした」，構詞方式和名詞句一樣。

例：**さっきのテストは簡単(かんたん)でした。**
（剛才的測驗很簡單。）

❷ 過去否定形時則是直接在否定「～ではありません」或「～じゃありません」後面加上「でした」，構詞方式仍然是和名詞句一樣。

例：**あの人は三年前(まえ)有名じゃありませんでした。**
（他在三年前沒什麼名氣。）

活用用法歸納表

イ形容詞	名詞/ナ形容詞	用法	
暑いです	雨／静かです	肯定	非過去
暑くないです 暑くありません	雨／静かではありません 雨／静かじゃありません	否定	
暑かったです	雨／静かでした	肯定	過去
暑くなかったです 暑くありませんでした	雨／静かではありませんでした 雨／静かじゃありませんでした	否定	

18 疑問詞

(1) ■ 疑問詞＋が

どれが田中(たなか)さんの本(ほん)ですか。

哪一本是田中小姐的書呢？

❶ 「～は～です」和「～はVます」句型中的「は」，都是用來提示主題，表示接下來要談的話題是某某人或某某事物。「～は」的部分爲已知，重點放在後面的解說部分。

例：**田中さんの本はこれですか。**

（田中小姐的書是這一本嗎？）

❷ 疑問詞作主語時，因爲是未知的事項，所以不能用表示特定話題的助詞「は」，而是用「が」，以凸顯出疑問所在。

例：**どれが田中さんの本ですか。**

（哪一本是田中小姐的書呢？）

❸ 但若是疑問詞出現在述語中，主語爲已知事物時，則還是用「は」，將焦點移到後面的敍述部分。

例：**田中さんの本はどれですか。**

（田中小姐的書是哪一本呢？）

(2) 疑問詞＋か

誰(だれ)かが来(き)ました。

有人來了。

❶ 疑問詞後面直接加「か」，原先的疑問含義「哪～」「什麼～」便會變成表示不特定的「某～、任一～」。

疑問詞		
どこ（何處）		どこか（某處）
何(なに)　（什麼）	＋か＝	何(なに)か　（某事物）
だれ（誰）		だれか（某人）
いつ（何時）		いつか（某時）
どれ（哪個）		どれか（某個）
⋮		⋮

❷ 「疑問詞＋か」表示的是不確定之意，非疑問詞，所以不一定作疑問句。

例：いつ行きますか。　（什麼時候去？）

　いつか行きます。　（總有一天會去。）

❸ 「疑問詞＋か」和疑問詞一樣，都屬於未定的訊息，因此在作主格時，助詞必須用「が」。

例：誰かが来ました。　----不知是誰，但確定有人來

　（有人來了。）

（3）

▶ 疑問詞＋か＋Vますか。

◀ はい、Vます。

◀ いいえ、疑問詞＋も＋Vません。

田中(たなか)さんは今度(こんど)の日曜(にちよう)どこかへ行(い)きますか。

[肯]:はい、行きます。

[否]:いいえ、どこ(へ)も行きません。

田中先生這個星期天有要去哪裡嗎？
有，要出去。
不，哪裡也不去。

❶ 助詞「が、へ、に、で、から」和不特定的「何か」「誰か」「どこか」等連用時，方式和連接普通名詞時一樣，都是直接接在後面。例如「何かが」「誰かに」「どこかへ」……唯獨作主格的助詞「が」通常省略。

例：**誰か(が)来ますか。**　（有什麼人要來嗎？）

❷ 標題句「**どこかへ行きますか**」是問對方是不是有打算去哪裡，爲不確定的口吻。和「どこへ行きますか」相比，後者則是清楚對方打算出門活動，因此肯定地問其去處。

例：どこかへ行きますか。　（有要去哪裡嗎？）

どこへ行きますか。　（要去哪兒？）

3. 之前學過回答含疑問詞的問句時，直接就疑問詞本身作答即可。但如果是「疑問詞＋か」的問句時，由於是不確定的疑問，必須先以「はい」或「いいえ」表示肯定或否定。例 ──

A: **週末（しゅうまつ）どこかへ行きますか。**
（你週末有要去哪裡嗎？）

B: **はい、行きます。** （是的，要出去。）

A: **どこへ行きますか。** （要去哪裡呢？）

B: **友達のうちへ行きます。** （要去朋友家。）

4. 「疑問詞＋か」的問句，否定回答一定是全面否定。全面否定在日語中是作「疑問詞＋も＋否定」來代表全面否定之意。

例：**何も食べませんでした。** （什麼都沒有吃。）

5. 「疑問詞＋も＋否定」如果還有其他助詞時，「も」通常放在最後，例如「どこへも」「何にも」「誰からも」。其中，「どこへも」的「へ」常被省略。

A: **何かに乗りますか。** （你有要坐什麼嗎？）

B: **いいえ、何にも乗りません。** （不，什麼也不坐。）

註：此為遊樂園中的對話。

例：**どこ（へ）も行きません。** （哪裡也不去。）

プチテスト（小測驗）

(1)　あの　えいがは　おもしろ____ないです。

(2)　ここは　しずか____　いい　こうえんですね。

(3)　A「__________　来（き）ましたか。」

　　B「いいえ、だれも　来ませんでした。」

(4)　山田（やまだ）さんは　どこ______　行きませんでした。

(5)　A「テストは　______でしたか。」

　　B「やさしかったです。」

(6)　わたしの　うちは　えきから　__________

　　ちかく　ありません。

(7)　せんしゅうは　とても　さむ______________。

正解：

(1) く　(2) で　(3) だれか(が)

(4) へ/も　(5) どう　(6) あまり

(7) かったです

19 存在句與所在句

（1）

▶ 場所に～があります。

机(つくえ)の上(うえ)にりんごがあります。

在桌子上有蘋果。

❶ 「あります」是一個存在動詞，用於東西、事物等沒有生命的物體及植物的存在表現，可譯成「有」或是「在」。當句型為「～があります」時，只能譯成「有～」。助詞「が」在這裡是表示存在狀態的主語。

例：お金(かね)があります。　（有錢。）
　　時間(じかん)があります。　（有時間。）
　　花(はな)があります。　（有花。）

❷ 存在動詞之前的場所跟的助詞用「に」。這個「に」我們稱它為「存在的場所」，在它之後的動詞常是靜態而不是動態的。註：助詞「に」相當於中文的「在」。

例：かばんの中(なか)に本があります。（在包包裡面有書。）
　　図書館で勉強します。　（在圖書館讀書。）

之前章節已提過在動態的動詞之前的場所用「で」，稱「で」為「動作的場所」。「に」與「で」皆可表示場所的意思，學習者要多加注意隨後所跟的動詞，不可混淆才是。

❸「場所にNがあります」此句型的重點是指在什麼地方有什麼東西，所以詢問有什麼東西時，疑問詞用「なに(何)」。

A：**机の下(した)に何がありますか。**（書桌下有什麼嗎？）

B：**ごみ箱(ばこ)があります。**　　（有垃圾桶。）

もっと

「表示位置的名詞除「うえ(上)」、「した(下)」之外，還有──

「まえ(前)」	（前面）
「うしろ(後ろ)」	（後面）
「みぎ(右)」	（右邊）
「ひだり(左)」	（左邊）
「なか(中)」	（裡面）
「となり(隣)」	（旁邊、隔壁）
「ちかく(近く)」	（附近）
「あいだ(間)」	（之間）
「よこ(橫)」	（旁邊）等等。

在這邊值得注意的是，學習者常將「となり(鄰)」和「よこ(橫)」混淆。這二者雖然都有「旁邊」的意思，但是「となり(鄰)」只能用於同種類的事物上，而「よこ(橫)」則無限制。

「人の隣に人」－（○）　「人の横に人」－（○）
「物の隣に物」－（○）　「物の横に物」－（○）
「人の隣に物」－（×）　「人の横に物」－（○）

（2） ▶ 場所に～がいます。

きょうしつ　がくせい
教室に学生がいます。

在教室裡有學生。

❶ 除了「あります」之外，還有一個「います」也是表示存在的動詞，但是是用於有生命且能夠移動的人及動物等的存在表現。同樣可譯成「有」或是「在」，但是作「～がいます」時，與「～があります」一樣，只能譯成「有～」。

例：**犬がいます。**（有狗。）
　　人がいます。（有人。）

❷ 既然「います」也是存在動詞，所以放於此動詞之前的場所的助詞也要用「に」。

例：**箱の中に猫がいます。**（在箱子裡有貓。）

❸ 「場所にNがいます」此句型的重點是指在什麼地方有什麼人或動物，所以詢問人時疑問詞用「だれ（誰）」，詢問動物時疑問詞用「なに（何）」。

A：**事務室に誰がいますか。**（在辦公室裡有誰呢？）
B：**田中さんがいます。**（有田中先生。）

A：**椅子の下に何がいますか。**（在椅子下面有什麼呢？）
B：**犬がいます。**（有狗。）

(3)

▶ ～は場所にあります / います。

新聞(しんぶん)は椅子(いす)の上(うえ)にあります。

学生(がくせい)は教室(きょうしつ)にいます。

報紙在椅子上面。
學生在教室裡。

❶ 之前提過「あります、います」可譯成「有」與「在」，「～があります、～がいます」譯成「有～」，而這裡的「～にあります、～にいます」則譯成「在～」。

❷ 「Nは場所にあります」此句的重點是指說話者要陳述某個東西所在的位置，而這個東西必須是說話者與聽話者雙方都知道的東西，所以助詞要用指示主題的「は」，疑問詞則用「どこ」。

例：**新聞はどこにありますか。**　（報紙在哪裡呢？）

❸ 「Nは場所にいます」此句的重點是指說話者要陳述某個人或動物所在的位置，而這個人或是動物必須是說話者與聽話者雙方都知道的，所以助詞也是要用指示主題的「は」，疑問詞用「どこ」。

例：**学生はどこにいますか。**　（學生在哪裡呢？）

❹ 陳述位置的主題句，由於語意不易混淆，所以後半部的「～にあります、～にいます」皆可代換爲「～です」。

例──

時計（とけい）はテレビの上にあります。
＝時計はテレビの上です。　（時鐘在電視的上面。）

猫は箱の中にいます。
＝猫は箱の中です。　（貓在箱子裡。）

林先生は教室にいます。
＝林先生は教室です。　（林老師在教室裡。）

(4) ■ ～や～など

財布(さいふ)の中(なか)にお金(かね)や写真(しゃしん)などがあります。

在錢包裡有錢、照片等等。

❶ 「～や～など」相當於中文的「～啦～等等」。「や」是助詞，在列舉名詞時使用。最後一項後面接「など」，表示除了列舉的事物之外，還有其他事物未列舉。

❷ 之前提過的「と」是用於列舉所有事物，「や」則是表示從許多事物中選出代表性的二、三個加以例舉。

例：**かばんの中に本や鉛筆や傘などがあります。**---①
（包包裡有書、鉛筆、雨傘等等。）

かばんの中に本と鉛筆があります。---②
（包包裡有書和鉛筆。）

> 例句1，包包裡除了有書、鉛筆、雨傘以外，還有其它東西。但例2的句子裡，包包裡只有書和鉛筆二種東西。

❸ 「～や～など」在會話中，有時也會省略成「～や～」。

例——

A：**引出し(ひきだし)の中に何かありますか。**
（在抽屜裡有沒有什麼東西呢？）

B：**はい、あります。**　（有，有東西。）

A：**何がありますか。**　（有什麼呢？）

B：**のりや消し(け)ゴムがあります。**
（有膠水呀橡皮擦等等。）

20 數量詞

(1)

■ 数の言い方

机(つくえ)の上(うえ)にりんごが三(みっ)つあります。

在桌上有三個蘋果。

❶ 日語裡有兩種不同的數數的說法，一種是來自中國話的數字讀法「いち、に、さん...」，另一種是日本固有的說法「～つ」，可用來計算物品，如：杯子、盒子、石頭、念頭、問題等。

一(ひと)つ、二(ふた)つ、三(みっ)つ、四(よっ)つ、五(いつ)つ、
六(むっ)つ、七(なな)つ、八(やっ)つ、九(ここの)つ、十(とお)

❷ 「～つ」是最普遍的計算單位，這種數量詞的讀法和以前所學的數字讀法很不相同，要特別注意。在實際應用上，這種獨特的數量詞讀法只限於1～10而已。若數量在11以上時，則改用數字計算。例如「じゅういち、じゅうに…」，以此類推。

❸ 一般來說，中文是將表示數量的詞置於名詞之前，日語則是將數量詞放在直接修飾的動詞前，並且數字後面通常不再加上「を」「が」等助詞。

例：**リンゴを一つ食べました。**　(吃了一個蘋果。)
　　リンゴが三つあります。　(有三個蘋果。)

❹ 本單元主要學習數量詞做為副詞修飾動詞的表現，副詞可以調換在句中的位置，但是數量詞作副詞用法時修飾的還是動詞，而非中文那樣直接修飾名詞。

例：リンゴを<u>一つ食べました</u>。　（吃了一個蘋果。）

＝ <u>一つ</u>リンゴを<u>食べました</u>。

(1-1)

■ いくつ

みかんはいくつありますか。

橘子有幾個？

❶ 「～つ」的疑問詞是「<u>いくつ</u>」（幾個）。例——

A：**リンゴをいくつ食べましたか。**（你吃了幾個蘋果？）

B：**三つ食べました。**　（吃了３個。）

もっと

「いくつ」也可以用於詢問年齡，但習慣上多會在前面加上「お」，作「おいくつですか」表示禮貌，回答時也可以「ひとつ、ふたつ…」方式作答，超出11歲時則改用來自中國話的數字讀法，搭配量詞「さい(歲)」，作「じゅういっさい、じゅうにさい…」，但二十歲的讀法較特別，必須作「はたち」。

例：お孃(じょう)さんは<u>おいくつ</u>ですか。　(令千金幾歲了？)

➡ ３つです。　(三歲。)

➡ ２０歳(はたち)です。　(二十歲。)

（2） 助数詞

教室(きょうしつ)に何人(なんにん)いますか。

教室裡有幾個人呢？

❶ 表示事物的數量時，除了「一つ、二つ…」之外，日語和中文一樣，也可以在數字「1、2、3…」後面搭配各種表示事物單位的量詞，日語稱作「助數詞」（例如：枚、本、冊…）。其數量疑問詞則是用「何＋助数詞」所構成（例如：何枚、何本、何冊…）。

例：**車(くるま)が何台(なんだい)ありますか。**　（有幾輛車呢？）

　　兄弟(きょうだい)が４人(よにん)います。　（兄弟有四人。）

❷ 常用的助数詞如下。註：通常數字「一、三、六、八、十」和某些助數詞相結合時，發音上會產生變化，請多加留意。

～人(にん)：計算「人數」。「一人(ひとり)」、「二人(ふたり)」、「四人(よにん)」的讀法較特別，須注意。

～枚(まい)：計算「薄或扁平的物品」。例：「紙(かみ)、切手(きって)、皿(さら)、シャツ、スカート...」等。

～足(そく)：計算「鞋、襪」。例：「靴(くつ)、靴下(くつした)...」等。這個助數詞接在三的後面，會發生音便，讀成「ぞく」。

～本(ほん)：計算「細長的物品」。例：「ペン、傘(かさ)、ネクタイ、テープ、コーラ...」等。這個助數詞接在一、六、八、十的後面會發生音便，讀成「ぽん」；接在三的後面，也會產生音便，讀成「ぼん」。

～冊（さつ）：計算「裝訂好的物品」。例：「本、辞書（じしょ）、雑誌…」等。

～個（こ）：計算「小物品」。例：「卵（たまご）、消（け）しゴム…」等。

～杯（はい）：計算「用碗或杯子盛裝的物品」。例：「ご飯、コーヒー、紅茶（こうちゃ）…」等。這個助數詞接在一、六、八、十的後面會發生音便，讀成「ぱい」；接在三的後面，也會產生音便，讀成「ばい」。

～台（だい）：計算「機械、交通工具」。例：「車、自転車（じてんしゃ）、電話、カメラ、テレビ…」等。

～階（かい）：計算建築物樓層。

～匹（ひき）：計算「體型較小的動物」。例：「犬、魚（さかな）、猫…」等。這個助數詞接在一、六、八、十的後面會發生音便，讀成「ぴき」；接在三的後面，也會產生音便，讀成「びき」。

～頭（とう）：計算「體型大的動物」。例：「牛（うし）、馬（うま）、象（ぞう）…」等。

～羽（わ）：計算「鳥類」。例：「鳥（とり）、鶏（にわとり）…」等。這個助數詞如果接在六、十的後面，會產生音便，讀成「ぱ」，接在三的後面也會產生音便，讀成「ば」。

常見的「助数詞」

人（にん）		枚（まい）		足（そく）	
1	ひとり	1	いちまい	1	いっそく
2	ふたり	2	にまい	2	にそく
3	さんにん	3	さんまい	3	さんぞく
4	よにん	4	よんまい	4	よんそく
5	ごにん	5	ごまい	5	ごそく
6	ろくにん	6	ろくまい	6	ろくそく
7	ななにん しちにん	7	ななまい	7	ななそく
8	はちにん	8	はちまい	8	はっそく
9	きゅうにん	9	きゅうまい	9	きゅうそく
10	じゅうにん	10	じゅうまい	10	じゅっそく じっそく
?	なんにん	?	なんまい	?	なんぞく

本（ほん）		冊（さつ）		個（こ）	
1	いっぽん	1	いっさつ	1	いっこ
2	にほん	2	にさつ	2	にこ
3	さんぼん	3	さんさつ	3	さんこ
4	よんほん	4	よんさつ	4	よんこ
5	ごほん	5	ごさつ	5	ごこ
6	ろっぽん	6	ろくさつ	6	ろっこ
7	ななほん	7	ななさつ	7	ななこ
8	はちほん はっぽん	8	はっさつ	8	はちこ はっこ
9	きゅうほん	9	きゅうさつ	9	きゅうこ
10	じゅっぽん じっぽん	10	じゅっさつ じっさつ	10	じゅっこ じっこ
?	なんぼん	?	なんさつ	?	なんこ
				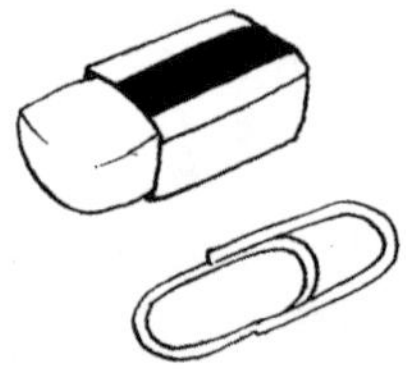	

杯（はい）		台（だい）		階（かい）	
1	いっぱい	1	いちだい	1	いっかい
2	にはい	2	にだい	2	にかい
3	さんばい	3	さんだい	3	さんがい
4	よんはい	4	よんだい	4	よんかい
5	ごはい	5	ごだい	5	ごかい
6	ろっぱい	6	ろくだい	6	ろっかい
7	ななはい	7	ななだい	7	ななかい
8	はっぱい	8	はちだい	8	はちかい
9	きゅうはい	9	きゅうだい	9	きゅうかい
10	じゅっぱい じっぱい	10	じゅうだい	10	じゅっかい じっかい
？	なんばい	？	なんだい	？	なんがい

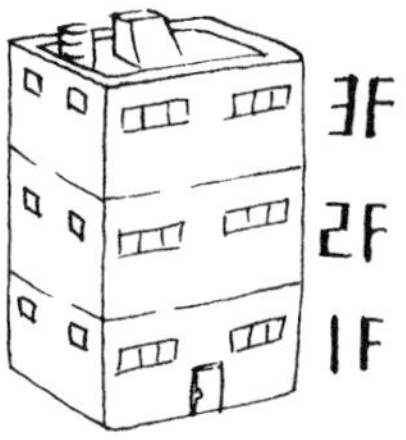

匹（ひき）		頭（とう）		羽（わ）	
1	いっぴき	1	いっとう	1	いちわ
2	にひき	2	にとう	2	にわ
3	さんびき	3	さんとう	3	さんば
4	よんひき	4	よんとう	4	よんわ
5	ごひき	5	ごとう	5	ごわ
6	ろっぴき	6	ろくとう	6	ろっぱ
7	ななひき	7	ななとう	7	ななわ
8	はちひき はっぴき	8	はっとう はちとう	8	はちわ
9	きゅうひき	9	きゅうとう	9	きゅうわ
10	じゅっぴき じっぴき	10	じゅっとう じっとう	10	じゅっぱ じっぱ
?	なんびき	?	なんとう	?	なんば

(3) どのくらい / どのぐらい

家(いえ)**から学校**(がっこう)**までどのくらいかかりますか。**

從家裡到學校要花多少時間呢？

1. 「くらい」在此指期間或數量，可以用「どのくらい」來問「多久、多少花費」或直接將「くらい」接在數量詞後面表示「～左右」。註：「くらい」亦可作「ぐらい」。

　A：**夏休**(なつやす)**みはどのくらいありますか。**(暑假有多久時間?)

　B：**二ヶ月**(にかげつ)**くらいです。**　　(大約兩個月。)

2. 「どのくらい」亦可作「どれくらい」，意思不變。

3. 「かかります」是動詞，意思是「花費」。「(期間、お金)かかります」意思是「花費(時間、金錢)」，若語意明確時亦可省略動詞「かかります」，改作名詞句「～です」。

　例：**台北から東京**(とうきょう)**まで飛行機で２時間**(じかん)**ぐらいかかります。**

　　台北から東京まで飛行機で２時間ぐらいです。

　　(從台北到東京，搭飛機大概要(花)２個多小時。)

「～ぐらい」「～ごろ」都相當於中文的「大約～左右」，但是「ぐらい」可接在數量詞之後，表示「大約的時間、金錢、距離、人數」等數量；而「ごろ」卻是接在表示時間的名詞後面，表示「大概～點鐘左右」的意思。

例：6時ごろ起きました。　(○) ----大約六點左右起床
　　6時ぐらい起きました。　(×)
　　7時間ぐらい寝ました。　(○) ----大約睡了七個小時
　　7時間ごろ寝ました。　(×)

「期間」的說法

～分		～時間		～日	
1	いっぷん	1	いちじかん	1	いちにち
2	にふん	2	にじかん	2	ふつか
3	さんぷん	3	さんじかん	3	みっか
4	よんぷん	4	よじかん	4	よっか
5	ごふん	5	ごじかん	5	いつか
6	ろっぷん	6	ろくじかん	6	むいか
7	ななふん	7	しちじかん	7	なのか
8	はっぷん	8	はちじかん	8	ようか
9	きゅうふん	9	くじかん	9	ここのか
10	じゅっぷん じっぷん	10	じゅうじかん	10	とおか
?	なんぷん	?	なんじかん	?	なんにち
※ 亦可作「～分間（ふんかん）」 例：一分間（いっぷん） 三分間（さんぷん）				※ 亦可作「～日間（にちかん）」 例：一日間（いちにち） 三日間（みっか）	

～週間		～か月		～年	
1	いっしゅうかん	1	いっかげつ	1	いちねん
2	にしゅうかん	2	にかげつ	2	にねん
3	さんしゅうかん	3	さんかげつ	3	さんねん
4	よんしゅうかん	4	よんかげつ	4	よねん
5	ごしゅうかん	5	ごかげつ	5	ごねん
6	ろくしゅうかん	6	ろっかげつ	6	ろくねん
7	ななしゅうかん	7	ななかげつ	7	しちねん
8	はっしゅうかん	8	はちかげつ	8	はちねん
9	きゅうしゅうかん	9	きゅうかげつ	9	きゅうねん
10	じゅっしゅうかん じっしゅうかん	10	じゅっかげつ	10	じゅうねん
?	なんしゅうかん	?	なんかげつ	?	なんねん
		※ 亦可作「～か月間(げつかん)」 例：一(いっ)か月間 三(さん)か月間		※ 亦可作「～年間(ねんかん)」 例：一年間(いちねん) 三年間(さんねん)	

(4) 期間に回数

一週間（いっしゅうかん）に何回（なんかい）洗濯（せんたく）しますか。

你一個星期洗幾次衣服?

1. 「～回（かい）」是計算次數的量詞,「數量詞(期間)+に+次數」的句型,可以用來表示進行某動作的頻率、比例。

   例:**王さんは3日に一回家族（かぞく）に電話をかけます。**
   (王小姐每三天打一次電話給家人。)

2. 但如果是「毎（まい）～」,例如「毎日（まいにち）、毎朝（まいあさ）、毎週（まいしゅう）...」時,後面就不用再加「に」。

   例:**田中さんは毎週（まいしゅう）2時間テニスをします。**
   (田中先生每兩週打兩個小時網球。)

3. 助詞「に」在此是用來表示頻率、比例的意思,前面接的是作爲基準的範圍,除了時間之外,也可以是人或事物,後面則是在此基準範圍內出現的事物比例等。

   例:**10人に6人合格（ごうかく）します。**
   (十個人裡面有六個人會及格。)

回(かい)					
1	いっかい	5	ごかい	9	きゅうかい
2	にかい	6	ろっかい	10	じゅっかい じっかい
3	さんかい	7	ななかい		
4	よんかい	8	はっかい	?	なんかい

（5）

■ 数詞＋で

ノートは三冊で百五十円です。

筆記本三本總共150日圓。

❶ 數量詞後面接助詞「で」表示總計、合計的數量範圍。收錢時，店員或服務生也會說「全部で～です」。

例：四つで１０００円　（四個一千日圓）

　　二冊で５００円　（兩本五百日圓）

客人：すみません。勘定（かんじょう）はいくらですか。

　　（對不起，請問多少錢？）

店員：はい、全部で１３５０円です。

　　（好的，一共是１３５０日圓。）

❷ 「但如果總數只有一個，即數量詞的最低單位，如「一つ、一冊...」時，則不加「で」。

例：コーラ一つ３００円です。　（可樂一罐三百日圓。）

(6) ▶ Nを（数詞）ください。

玉（たま）ねぎを二（ふた）つください。

請給我兩顆洋蔥。

❶ 「ください」是動詞，「～をください」相當於中文的「請給我～」。當我們決定購買某物時，經常會使用「～をください」的表現。

例：**すみません。玉ねぎをください。**
（對不起，請給我洋蔥。）

❷ 「一つ、二つ...」除了可計算物品數量之外，點餐時亦可用來指餐點的份數。

例：**すみません。ステーキを一つください。**
（對不起，請給我一份牛排。）

❸ 如果要連接兩個句子，例如「ステーキを二つください」和「コーヒーを一つください」兩句，可用助詞「と」來連接。此時第一句的「ください」可以省略，並將兩句說成「ステーキを二つとコーヒーを一つください」。會話中有時也說成「ステーキ二つと、コーヒー一つ」，同時省略助詞「を」及動詞「ください」。

❹ 在口語會話中，女性或孩童常以「ちょうだい」代替「ください」。

例：**お金（かね）をちょうだい。**　（給我錢。）

21 限定

(1)

だけ

一回だけです。

只有一次。

❶「だけ」接在名詞或數量詞的後面，用來限定事物的數量、範圍和程度，表示「只有這些，沒有其他」的意思，相當於中文的「只～」「僅～」之意。

例：**休(やす)みは日曜日だけです。**

(休假只有星期天。)

ＡＢＣ会社(がいしゃ)には台湾人の社員(しゃいん)が一人だけいます。

(ABC公司裡只有一個台灣職員。)

❷「だけ」可插在名詞和後接助詞之間，此時「は」「が」「を」等格助詞通常會被省略。

例：**お昼(ひる)は野菜(やさい)だけ(を)食べました。**

(午餐只吃了蔬菜。)

教室には学生だけ(が)います。

(教室裡只有學生。)

（2）■ しか～ない

一回しか洗濯（せんたく）しません。

只洗一次。

❶ 「しか」後面接否定形式表示「限定」的意思。不過後面雖然接否定，但全句的意思卻是肯定的。

❷ 「しか～ない」含有表示數量極少的意思，而「だけ」則是單純敘述限於某個範圍。

例：**三度しかありません。** ----說話者認爲「次數很少」
（只有三次。）

三度だけあります。 ----說話者表示「只有這些，沒有其他」
（只有三次。）

例：**ゆうべ３０分しか勉強しませんでした。**
（昨晚才唸了30分鐘的書。）

ゆうべ３０分だけ勉強しました。
（昨晚只唸了30分鐘的書。）

❸ 如果要加強語氣，也可同時使用「だけ」和「しか～ない」。

店員：**恐（おそ）れ入（い）りますが、今（いま）これだけです。**
（真是抱歉，目前只有這個。）

客　：**これだけしかないですか。困（こま）りましたね。**
（只剩這個而已嗎？真是傷腦筋。）

22 好惡、能力、希望

(1) ▶ ～は～が好き / 嫌いです。

わたしは日本語(にほんご)が好(す)きです。

我喜歡日語。

❶ 這是日語中表示喜歡或厭惡的說法，用ナ形容詞的「好き」「嫌い」來表現，句型為「～が好き/嫌いです」，助詞「が」表示好惡的對象。

例：**王さんは日本料理が好きです。**
(王小姐喜歡日本料理。)

田中さんはお酒(さけ)が嫌(きら)いです。
(田中先生討厭喝酒。)

> 注意「好き」和「嫌い」是ナ形容詞，所以當它們置於名詞前時，語尾要加上「な」。例：好きな料理(喜歡的料理)、好きな人(喜歡的人)、嫌いな人(討厭的人)等。

❷ 表示非常喜歡或非常討厭某人或物時，可以在「好き」「嫌い」前加上接頭語「大(だい)」。

A：**橋本(はしもと)さんはコーヒーが好きですか。**
(橋本小姐喜歡咖啡嗎？)

B：**はい、大好(だいす)きです。**
(是的，非常喜歡。)

❸ 在否定回答或和其他事物做比較時，注意上述句型中的「Nが」應改成「Nは」。註：参見p.152〈助詞は〉。

A：林さんは猫が好きですか。　(林先生喜歡貓嗎？)

B：いいえ、猫は好きではありません。
　(不，我不喜歡貓。)

例：わたしはテニスは好きですが、ゴルフは
　好きではありません。
　(我喜歡網球，但不喜歡高爾夫球。)

（2）

▶ ～は～が上手 / 下手です。

鈴木さんは中国語が上手です。

鈴木先生的中文很好。

❶ 助詞「が」除了可以用來表示好惡之外，也可以用來表示其能力好壞或技術巧拙的對象。在日語中用來表示能力的好壞、技術的巧拙時，可用ナ形容詞的「上手」「下手」「得意」「苦手」等來表現。

例：**マークさんはダンスが上手です。**
（馬克跳舞跳得很好。）
わたしは歌が下手です。
（我歌唱得不好。）
マリーさんは英語が得意です。
（瑪麗擅長英語。）
桃子さんは数学が苦手です。
（桃子數學差。）

❷ 「上手」和「得意」二詞的意思類似，但在用法上「上手」含有褒獎之意，故通常用於別人身上，而「得意」則亦可用於自己身上。

例：**マリーさんは英語が上手です。**（瑪麗英語很好。）
わたしは英語が得意です。（我擅長英語。）

（3）
▶ ～は～が欲しいです。

わたしは時間（じかん）が欲（ほ）しいです。

我想要時間。

❶「～がほしいです」的句型是用來陳述想要得到某種東西或人的表現，相當於中文的「想要～」。而這個想要得到的東西或人用助詞「が」表示，助詞「が」之前一定是名詞。

❷「欲しい」是一個反應心裡欲望的イ形容詞。所以其否定形為「欲しくない」。

例：わたしはピアノが欲しくないです。（我不想要鋼琴。）

❸ 如果要詢問對方想要什麼時，疑問詞用「何(なに)」。但要注意不可以用此句型來勸誘對方。例——

A：林さんはいま何が欲しいですか。
（林小姐現在最想要什麼呢？）

B：わたしは車が欲しいです。　（我想要車子。）

例：(×)コーヒーが欲しいですか。
(○)コーヒーはいかがですか。（來杯咖啡如何呢？）

❹「欲しい」不可用於表達第三者的希望。註：表達第三者希望的用法，請參見本系列叢書《3級文法一把抓》。

例：(×)妹はピアノが欲しいです。

(4)
▶ ～はVたいです。

私は音楽を聞きたいです。

我想要聽音樂。

❶ 敘述說話者想要進行某種行爲、動作時，用「動詞ます形＋たいです」來表現。當動詞呈現「ます」結尾時，這個「ます」前的動詞形態稱爲「ます形」，例如「聞きます」、「読みます」、「します」當中的「聞き」、「読み」、「し」。

ます形

聞き~~ます~~		→聞きたいです
読み~~ます~~	＋たいです	→読みたいです
勉強し~~ます~~		→勉強したいです

❷ 「動詞ます形＋たいです」可視爲一個イ形容詞，所以否定形爲「動詞ます形＋たくないです」。

例：**勉強したくないです。** (我不想讀書。)

❸ 「動詞ます形＋たいです」中的動詞若是他動詞時，跟著出現的助詞「を」，可用「が」來代替。但除了「を」可與「が」替換外，其餘助詞皆不可用「が」來替換。

例：(○) **ご飯を食べたいです。** (想吃飯。)

(○) **ご飯が食べたいです。** (想吃飯。)

(○) **日本へ行きたいです。** (想去日本。)

(×) **日本が行きたいです。**

❸ 詢問對方要做什麼動作時，疑問詞用「何(なに)」。

A：何 を/が　したいですか。　（想做什麼呢？）

B：テニス を/が　したいです。　（想打網球。）

❹ 「～たいです」與「欲しい」相同，不可用來表達第三者的希望，亦不可用於勸誘對方。

例：(×)コーヒーが飲みたいですか。

(○)コーヒーを飲みませんか。

（要不要喝咖啡呢？）

23 目的

(1) ▶ NにVます。

公園(こうえん)へ散歩(さんぽ)に行(い)きます。

去公園散步。

❶ 助詞「に」在這裡的用法是表示目的，可直接在「に」後面接移動性動詞，如「行きます、来ます、帰ります...」等，此句型表示「去、來、回家做～」。

❷ 在「～にVます」句型中的「に」前面要接動作性名詞，如「散歩、旅行、勉強、食事…」。

例：**陽明山(ようめいざん)へ花見(はなみ)に行きます。**

(要去陽明山賞花。)

❸ 同一句中如果還有移動的目的地，爲避免同一助詞重複出現，通常會用「へ」表示方向，而不用「に」。因此，標題句便不建議寫成「(△)公園に散歩に行きます」。

❹ 「N＋に＋移動動詞」比較像是隨口說「去做～」或「來做～」，動詞多半是單純表示去、來的「行きます、来ます、戻ります」。如果是重要的目的，一般不用這個句型。

例：**(○)食事に来ます。** (來吃飯。)

(？)結婚に帰国します。(回國結婚。)----不自然的說法

（2） ▶ V~~ます~~にVます。

デパートへかばんを買(か)いに行(い)きます。

去百貨公司買包包。

❶ 除了「NにVます」的句型之外，還有在助詞「に」前面接動詞ます形，構成「V(ます形)にVます」的句型來表示「去、來、回家做～」的意思。

註:關於「ます形」參見p.117。

A: どこへ行きますか。　　　　　(要去哪裡呀？)

B: 空港(くうこう)へ友達を迎(むか)えに行きます。　(去機場接朋友。)

❷ 如果是接在「買い物をします」「勉強をします」「テニスをします」「留学をします」等後面時，可以省略「をします」，直接接在具有動作含義的名詞後面。

例：買(か)い物(もの)をしに行きます。　　(去買東西。)

＝ 買い物に行きます。

例：日本へ勉強をしに行きます。(去日本唸書。)

＝ 日本へ勉強に行きます。

24 助詞 が

(1) ▶ S_1はS$_2$が～。

象(ぞう)は鼻(はな)が長(なが)い。

大象的鼻子長。

❶ 這是雙主語句的句型，所謂雙主語句就是指句子的說明句部分又包含「主語＋述語」的結構，即「主題は＋主語が＋述語」。

例：山本(やまもと)さんは目(め)が大(おお)きい。 （山本小姐的眼睛很大。）
今日は天気(てんき)がいいです。 （今天的天氣好。）
東京は交通(こうつう)が便利(べんり)です。 （東京的交通很便利。）

❷ 助詞「は」接在名詞、代名詞之後，提示整個句子的主題或動作者等進行敘述，有「關於～」、「說到～」的含義。亦即，「S_1は」是句子的主題，「S_2が」則是述語所描述的狀態或事物的主語，這種句型中的「主語（S_2が）」通常是「主題（S_1は）」的一部分或所有物。

例：夏子(なつこ)は きれいです。 （夏子很漂亮。）
主題・主語　述語

夏子は 手が きれいです。（夏子的手很漂亮。）
主題・主語　主語　述語

(2) ▶ Sが～。

雨(あめ)が降(ふ)ります。

下雨。

❶ 描述眼前的情景、現象時，主語的助詞必須用「が」。

例：雪(ゆき)が降ります。　(下雪。)

風(かぜ)が吹(ふ)きます。　(刮風。)

日(ひ)が暮(く)れます。　(天黑。)

❷ 「が」和「は」前面雖然都接主語，但是「は」前面的名詞既作主語也是話題，若只是純粹描述某個自然現象，而非談論時，只能用「が」。

例：風が強(つよ)いです。　----單純描述現象

(風很大。)

冬は寒いです。　----針對冬天的屬性作談論

(冬天很冷。)

プチテスト（小測驗）

(1)　１日(にち)＿＿　３かい　くすりを　のみます。

(2)　おとうとは　せい＿＿　たかいです。

(3)　毎日(まいにち)　こうえんまで　さんぽ＿＿　行(い)きます。

(4)　きっぷ＿＿　２まい＿＿　かいました。

(5)　あの　人は　りょうり＿＿　とても　じょうずです。

(6)　この　テストは　５０分(ぷん)＿＿＿＿　かかります。

(7)　ゆうべは　３時間(じかん)＿＿＿　ねませんでした。

(8)　この　くだものは　３つ＿＿＿　１００円(えん)です。

(9)　どんな　ところに　住(す)＿＿たいですか。

正解：

(1) に　(2) が　(3) に　(4) を、×

(5) が　(6) ぐらい　(7) しか　(8) で

(9) み

25 助詞 で

(1)

N で

毛糸（けいと）でセーターを編（あ）みました。

用毛線織了件毛衣。

1. 助詞「で」的用法相當多，光是前面介紹過的就有以下幾種。

ア.表示動作、行爲的手段、方法，前接工具或交通工具。

例：**マイクで歌（うた）います。**　(用麥克風唱歌。)

バスで学校へ行きます。　(搭公車上學。)

イ.表示動作發生的地點，前接場所。

例：**図書館（としょかん）で勉強します。**　(在圖書館裡讀書。)

ウ.表示共同做動作時的參與人數。

例：**ゆうべ一人（ひとり）でご飯を食べました。**

(昨晚我一個人吃飯。)

エ.表示基準、數量範圍。

例：**四つで１０００円**　(四個一千日圓)

2. 助詞「で」有時亦可作材料解釋，例如標題句中的「で」便是表示「毛糸」爲製成品「セーター」的原料。

例：**紙（かみ）で飛行機を作（つく）ります。**　(用紙折飛機。)

❸ 此外，助詞「で」還可以用於表示動作的施行狀態。

例：はだしで歩(ある)きます。　(光著腳走路。)

❹ 另外還有之後將會學到的下列用法。

ア.表示原因，前接事由。註：參見p.161。

例：病気(びょうき)で学校を休(やす)みました。

(因為生病而向學校請了假。)

イ.表示期限，前接時間。

註：參見本系列叢書《3級文法一把抓》。

例：会議は３時で終(お)わります。

(會議到3點結束。)

もっと

除了「で」之外，也可以用之前學過表示起點的「から」，這時作「材料、原料」解釋。一般來說，成品中若是還看得見材料(物理變化)，即原料性質不變者，用「で」表示；若是無法看見材料(化學變化)，即原料性質改變者，則「で」「から」均可使用。

例：(○) 机(つくえ)は木(き)で作ります。

(桌子是用木頭做的。)

(×) 机は木から作ります。

(○) ビールは麦(むぎ)で作ります。

(○) ビールは麦から作ります。

(啤酒是用麥釀造的。)

26 動詞［て形］

(1) ▶ 動詞て形の活用

買(か)って、読(よ)んで、話(はな)して、食(た)べて、来(き)て、して

❶ 動詞「て形」的變化規則基本上是去掉「ます」加「て」，例如「起きます」的て形是「起きて」，「話します」的て形是「話して」，「食べます」的て形是「食べて」……。

❷ 但是，第一類動詞接「て」時，爲了發音上的方便，會產生一些變化，我們稱爲「音便」。比如說「書きます」去掉「ます」加「て」原本應爲「書きて」，可是「書きて」唸起來不順口，所以唸快一點就變成了「書いて」(い音便)了。

❸ 第一類動詞（傳統文法稱爲五段活用動詞）的て形變化是——　註：第一類動詞的て形有三種音便及無音便。

ア.促音便：「～います、～ちます、～ります」變成「～って」。

買(か)います	立(た)ちます	取(と)ります
↓	↓	↓
買って	立って	取って

ィ.い音便：「～きます」變成「～いて」，「～ぎます」變成「～いで」。只有「行きます」是個例外，必須變爲「行って」。

書(か)きます	磨(みが)きます	急(いそ)ぎます	行(い)きます
↓	↓	↓	↓
書いて	磨いて	急いで	行って

ゥ.撥音便：「～にます、～びます、～みます」變成「～んで」。

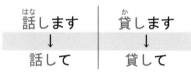

読(よ)みます	遊(あそ)びます	死(し)にます
↓	↓	↓
読んで	遊んで	死んで

ェ.無音便：「～します」直接作「～して」。

話(はな)します	貸(か)します
↓	↓
話して	貸して

4. 第二類動詞（傳統文法稱爲上下段活用動詞）的て形無音便，直接將「～ます」改成「～て」。

食(た)べます	見(み)ます	起(お)きます
↓	↓	↓
食べて	見て	起きて

5. 第三類動詞（傳統文法稱爲特殊活用動詞）的て形無音便，直接將「～ます」改成「～て」。

きます（来ます）	します	勉強します
↓	↓	↓
きて（来て）	して	勉強して

27 動作順序

(1)

▶ Vて、Vて ・・・。

私(わたし)は6時(じ)に起(お)きて歯(は)を磨(みが)いて顔(かお)を洗(あら)います。

我六點起床，然後刷牙、洗臉。

❶ 之前學的句子都是只有一個動詞就結束了，可是當我們想在一個句子裡表現二、三個動作時，就要用到動詞的て形來連接各個動詞。

❷ 標題句中的「起きて」「磨いて」分別是「起きます」「磨きます」的て形變化，在此表示動作的先後順序。以此句爲例，表示先起床，再刷牙，最後才是洗臉的意思。

❸ 以て形並列的動作，敘述時須遵照動作的發生順序，較晚發生的動作不可排在先發生的動作之前。

例：お風呂(ふろ)に入って、本を読んで、11時に寝ます。
(洗澡、看書，11點睡覺。)

(×)テストは11時に終わって、10時に始まります。

(○)テストは10時に始(はじ)まって、11時に終(お)わります。
(考試將在十點鐘開始，11點鐘結束。)

（2）▶ Vてから、・・・。

朝（あさ）ご飯（はん）を食（た）べてから、家（いえ）を出（で）ました。

吃完早餐就出門了。

❶ 「て」後面加上助詞「から」，可用於加強前後動作之間的緊湊性。也就是指前面動作做完之後，立刻做後面的動作，中文意思是「～之後(立刻)就…」。

❷ 不過要注意在一個句子裡儘量避免使用過多的「てから」，如果每個動作後面都接「てから」的話，聽話者或讀者感覺上會有壓迫感，而且也有一點誇張。

例：ゆうべ、お風呂（ふろ）に入って、薬（くすり）を飲んでから、寝ました。
（我昨天晚上洗完澡，吃了藥就睡覺。）

（？）ゆうべ、お風呂に入ってから、薬を飲んでから、寝ました。
（我昨天晚上洗完澡便吃藥，吃了藥便睡覺。）

(3) ▶ ・・・。それから、・・・。

わたしは朝(あさ)ご飯(はん)を食(た)べました。
それから、バスで学校(がっこう)に行(い)きました。

我吃完早餐，然後搭公車去學校。

❶「それから」是接續詞，用來表示同一個人前後接續的動作，相當於中文的「然後」。通常作「SはV_1ます。それから、V_2ます。」的句型表現，主題必須是同一個人。

例：**わたしはいつも９時に学校へ来ます。**
それから、教室で勉強します。
(我總是9點來到學校，然後就在教室裡讀書。)

もっと

「それから」除了強調動作發生的先後順序，還有表示動作累加的意思。

例：ビールを買ってきてください。
それから、つまみもお願(ねが)いします。
(請幫我買啤酒回來，另外，下酒菜也麻煩一下。)

28 動詞［ています］

（1）

■ Vています［進行中］

妹(いもうと)は今(いま)テレビを見(み)ています。

妹妹現在正在看電視。

❶ 「動詞て形＋います」可以表達許多不同的意思，初學者首先會先學到它代表一個動作正在進行的現在進行式，相當於中文的「正在做～」。

A：**何(なに)をしていますか。**（正在做什麼呢）

B：**本を読んでいます。**（正在看書。）

❷ 這一類的動作都是會在一段時間裡持續進行，並在結束後不繼續存在的動詞，例如「結婚(けっこん)しています」就不適用，因爲結婚儀式雖然會結束，但是已結婚狀態卻是持續的。註：參見下頁句型解說。

❸ 此句型中的動詞如果爲「名詞性動詞」（即「名詞＋(を)します」這類動詞，既有「動詞」的作用，將「します」拿掉時又有「名詞」的作用），此時的「～ています」形態，可用「～ちゅう(中)」來代換。例——

電話(でんわ)をしています。＝　電話中(ちゅう)です。（正在講電話。）

勉強をしています。＝　勉強中です。（正在讀書。）

会議(かいぎ)をしています。＝　会議中です。（正在開會。）

（2）V ています［狀態］

私（わたし）は先生（せんせい）の電話番号（でんわばんごう）を知（し）っています。

我知道老師的電話號碼。

❶「動詞て形＋います」除了表示動作正在進行之外，也可以表示一個動作進行後的結果持續存在。這種用法通常出現在「知（し）ります、住（す）みます、持（も）ちます、結婚（けっこん）します」等瞬間性動作的動詞上。

例：**私は台中に住（す）んでいます。**
（我住在台中。）
王さんはもう結婚しています。
（王先生已經結婚了。）
私は車を持（も）っています。
（我有車。）

「持っています」有手上拿著及擁有兩種意思。當然「私は車を持っています」此例句中的「持っています」就為「擁有」之意。

❷「動詞て形＋います」的否定形爲「動詞て形＋いません」。但是「知ります」此動詞比較特殊，肯定時必須爲「～ています」的形態，而否定時不可爲「知っていません」，必須爲「知りません」。

例：**フランス語（ご）の辞書（じしょ）を持っていますか。**
（你有法文字典嗎？）
➡ **はい、持っています。** （是的，我有。）
➡ **いいえ、持っていません。** （不，我沒有。）

例：**学校の住所（じゅうしょ）を知っていますか。**
（你知道學校地址嗎？）

➡ **はい、知っています。**（是的，我知道。）

➡ **いいえ、知りません。**（不，我不知道。）

3. 之前提過「もう～ましたか」的疑問句註：参見p.55，如果回答肯定時用「はい、もう～ました」來回答，如果是否定時，則回答「いいえ、まだです。これから～ます」。但是，否定除了此回答方式之外，還可以用「まだ～ていません」來表示此狀態持續著。

例：**もうご飯を食べましたか。**
（已經吃飽了嗎？）

➡ **はい、もう食べました。**（是的，已經吃飽了。）

➡ **いいえ、まだです。これから食べます。**
（沒有，還沒。將要吃。）

➡ **いいえ、まだ食べていません。**
（沒有，還沒吃。）

(3) ■ Vています［反復］

鈴木(すずき)さんはNECで働(はたら)いています。

鈴木先生在NEC工作。

❶ 「動詞て形＋います」除了以上兩種用法以外，還可以表示動作長期反覆進行，成爲一種常態，例如職業、工作性質等。

例：**父(ちち)は大学で数学(すうがく)を教(おし)えています。**

(我父親在大學教數學。)

ＩＢＭはコンピューターを作っています。

(ＩＢＭ是在生產電腦的。)

スーパーで牛乳(ぎゅうにゅう)を売(う)っています。

(在超級市場有賣牛奶。)

29 請求句

（1） ▶ Vてください。

ちょっと待(ま)ってください。

請等一下。

❶ 動詞て形後面接「ください」，作「～てください」的句型時，可以用來表達請求的語氣，相當於中文的「請(你)做～」。

例：**写真(しゃしん)を見(み)せてください。** (請讓我看照片。)

名前(なまえ)を書いてください。 (請寫名字。)

❷ 除了表示請求的語氣之外，「～てください」也可以表示自己的好意或指示別人做某動作。

例：**どうぞ、使(つか)ってください。** (請用。)

大(おお)きい声(こえ)で言(い)ってください。(請大聲說。)

❸ 在口語會話中，可以省略て形後面的「ください」，但要避免使用於長輩或不熟識的人。

例：**もっと食べて。** (再多吃一點。)

❹ 在口語會話中，女性或孩童亦常以「～てちょうだい」來代替「～てください」。

例：**教(おし)えてちょうだい。** (請教我。)

(1-1)

Nをください。

<ruby>大<rt>おお</rt></ruby>きいのをください。

請給我大的。

1. 「～をください」的句型在數量詞的單元中已經學過，前面接名詞，同樣也是請求句，表示「請給我某項東西」。

   例：すみません。リンゴを一つください。
   （對不起，請給我一顆蘋果。）

2. 標題句中的「の」在此作代名詞，用來代替之前提過的名詞，以避免重複。例如「大きいの」可能是「大きいかばん」「大きいサイズ」等，端看雙方的共同認知。

   例：もう少し安いのがいいです。（少：すこ；安：やす）
   （稍微便宜一點的比較好。）
   もっと派手なのはありませんか。（派手：はで）
   （有沒有更鮮艷一點的呢？）

（2）▶ Vてくださいませんか。

すみませんが、その本(ほん)を貸(か)してくださいませんか。

不好意思，能不能借我那本書？

❶ 當我們有求於人時，除了使用「～てください」的句型之外，也可以用「～てくださいませんか」這種否定疑問句的句型來請求、拜託別人。本句型相當於中文的「能不能請你做～」，語氣相較之下比「～てください」來得委婉、有禮貌。

❷ 「すみません」可以用在很多不同的場合，不過主要是用在麻煩別人的時候。至於本句中的「すみませんが」的「が」，並不是表示逆態轉折的接續用法，而是一種委婉的語氣表現，具有引出主題的作用，表示後面還有話要說。

例：**その辞書を貸(か)してくださいませんか。**
（那本字典可不可以借我？）

➡ **はい、どうぞ。**（好啊，請拿去。）

➡ **すみませんが、今使(つか)っています。**
（抱歉，我現在正在用。）

（3） ▶ Vないでください。

窓(まど)を開(あ)けないでください。

請不要開窗。

❶ 請求別人做某事的表達方式是「～てください」，如果是請求別人不要做某事，則要用「～ないでください」，相當於中文的「請不要做～」。

例：**お願(ねが)い、先生に言(い)わないでください。**
（拜託，請不要跟老師說。）

❷ 「～ないでください」是由動詞的否定「ない」形後面加上「で」，再接「ください」。關於日語動詞的ない形變化規則，請見下一單元。

❸ 在口語會話中，女性或孩童亦常以「～ないでちょうだい」來代替「～ないでください」。

例：**忘(わす)れないでちょうだい。**　（請別忘了。）

30 動詞［ない形］

(1) ■ 動詞ない形の活用

買(か)わない、話(はな)さない、食(た)べない、来(こ)ない、しない

❶ 第一類動詞的ない形變化是去「ます」後，將イ段音改成ア段音，再加上「ない」。

会(あ)います	書きます	話します
↓	↓	↓
会わない	書かない	話さない

❷ 第二類動詞的ない形變化是去掉「ます」加上「ない」。

食(た)べます	見(み)ます	起(お)きます
↓	↓	↓
食べない	見ない	起きない

❸ 第三類動詞的ない形變化是不規則變化。

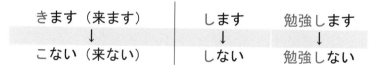

きます（来ます）	します	勉強します
↓	↓	↓
こない（来ない）	しない	勉強しない

31 動詞[辞書形]

(1) ■ 動詞辞書形の活用

買(か)う、読(よ)む、話(はな)す、食(た)べる、来(く)る、する

❶ 動詞的「辞書形(じしょけい)」就是動詞的基本形，因為是字典中所標示的形態，所以又稱為「字典形」。動詞辭書形有個特色，就是語尾一定為ウ段音。

❷ 第一類動詞的辭書形變化是去「ます」後，將イ段音改成ウ段音。

会(あ)います	書きます	話します
↓	↓	↓
会う	書く	話す

❸ 第二類動詞的辭書形變化是去掉「ます」加上「る」。

食(た)べます	見(み)ます	起(お)きます
↓	↓	↓
食べる	見る	起きる

❹ 第三類動詞的辭書形變化是不規則變化。

きます（来ます）	します	勉強します
↓	↓	↓
くる（来る）	する	勉強する

32 二者擇一

(1) ■ N_1かN_2(か)

今日(きょう)か明日(あした)来(き)てください。

請今天或明天來。

1. 在之前的單元裡曾介紹過當助詞「か」接在疑問詞後面，有表示不確定事物的用法，例如「何(なに)か」「だれか」。

2. 但如果助詞「か」是接在名詞後面時・還有另一種用法，表示從並列的事物（通常為兩項）中選擇其中一項，句型為「N_1かN_2(か)」，第二個「か」可省略，中文意思是「N_1或N_2」。

例：**海(うみ)か山(やま)へ行きます。**
(去海邊或山上。)

土曜か日曜かに来ます。
(我會在星期六或星期日來。)

ジュースかコーヒーを買ってください。
(請買果汁或咖啡。)

（2） ■ VるかVないか

行（い）くか行かないか、わかりません。

不知道去還是不去。

1. 助詞「か」作從並列的事物中選擇其一的用法時，除了可以接在名詞後面，也可以接在同一動詞的辭書形和否定形後面，句型為「VるかVないか」，表達不知該肯定「做～或不做～」的心情。

   例：**行くか行かないか、早（はや）く決（き）めてください。**
   （去或不去，請儘快決定。）

2. 「VるかVないか」也可以改成用不同動詞，作「V_1るかV_2るか」的句型來舉出相反或相互對應的事物。

   例：**映画を見るか、お茶（ちゃ）を飲むかしませんか。**
   （要不要看電影或喝茶呢？）

3. 通常這種表示並列相反事物而不知該選擇哪一方的用法，其句尾多會是「わかりません」「はっきりしません」「知りません」等含有「不知道」「不清楚」之意的敘述。

   例：**するかしないか、さっぱりわかりません。**
   （完全不知道要做或是不做！）

33 動詞［た形］

(1) 動詞た形の活用

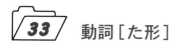

買(か)った、読(よ)んだ、話(はな)した、食(た)べた、来(き)た、した

❶ 動詞的「た形」就是辭書形的過去形式，表示已完成的動作。

❷ た形的變化規則和て形相同，只要將「て/で」改成「た/だ」就可以了。

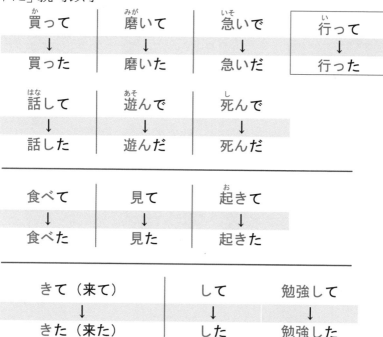

買(か)って	磨(みが)いて	急(いそ)いで	行(い)って
↓	↓	↓	↓
買った	磨いた	急いだ	行った

話(はな)して	遊(あそ)んで	死(し)んで
↓	↓	↓
話した	遊んだ	死んだ

食べて	見て	起(お)きて
↓	↓	↓
食べた	見た	起きた

きて（来て）	して	勉強して
↓	↓	↓
きた（来た）	した	勉強した

34 動作列舉

(1) ▶ ～たり～たりします。

本(ほん)を読(よ)んだり、音楽(おんがく)を聞(き)いたりします。

看看書、聽聽音樂。

❶ 前面學過名詞的列舉是用「～や～や～など」，而如果是表示動作、行為的列舉，則要使用「～たり～たりします」。意思是從許多動作或作用中，列舉幾種具代表性的事情加以敘述，相當於中文的「又～又～」「或～或～」「時而～時而～」等等。註：此句型並不適用於每天固定的瑣事，例如吃飯、起床等。

❷ 「～たり」是個接續助詞，接在動詞、形容詞等詞類之後，前面所接的動詞或形容詞要用た形。不要忘記，句中最後一個「～たり」的後面要接動詞「します」。而且整個句子的時態及其他變化都是用句尾的「します」來做變化。

例：**日曜日は洗濯(せんたく)をしたり、掃除(そうじ)をしたり<u>します</u>。**

(星期日通常會洗洗衣服或是打掃家裡。)

昨日(きのう)は家(いえ)で洗濯をしたり、掃除をしたり<u>しました</u>。

(昨天在家裡又洗衣服又打掃的。)

❸ イ形容詞的た形是「Aかった」，ナ形容詞的た形則是「Naだった」。

❹「～たり～たりします」也可以只用一個「～たりします」，意思不變。

例：**休(やす)みの日(ひ)には映画を見に行ったりします。**

（休假日有時會去看電影什麼的。）

❺ 同一事項的肯定形或否定形分別加上「～たり」時，表示「有時～，有時不～」。

A：**毎晩(まいばん)、テレビを見ますか。**

（你每天晚上都有看電視嗎？）

B：**いいえ、見たり見なかったりします。**

（不，有時看有時不看。）

有時句尾的「します」可以用「です」代換。例「いいえ、見たり見なかったりです。」

35 時間先後

(1)

■ Vる＋前に

お風呂(ふろ)に入(はい)る前(まえ)に、ご飯(はん)を食(た)べます。

洗澡之前先吃飯。

❶ 動詞辭書形加「前に」之後再加「V」，是指要做前項動作之前，先做後項動作。

❷ 置於「前に」前的動詞，不管後面的動詞是表示過去或者未來，均用辭書形。

例：**台湾へ来(く)る前に、中国語(ちゅうごくご)を勉強しました。**

(來台灣之前就學了中文。)

ご飯を食べる前に、手(て)を洗(あら)います。

(吃飯前洗手。)

> 第一句的「勉強しました」是過去式，而第二句的「洗います」則非過去式，但放於「前に」前的動詞皆為辭書形。

(2)
■ Vた＋あとで

ご飯(はん)を食(た)べた後(あと)でお風呂(ふろ)に入(はい)ります。

吃完飯後洗澡。

1. 動詞た形＋「後で（あとで）」之後再加「V」，是指做完一個動作之後再做下一個動作。

2. 置於「後で」前的動詞，不管後面的動詞是否爲過去式，均用た形。

例：**ご飯を<u>食べた</u>後で、散歩(さんぽ)します。**
（吃完飯之後去散步。）

映画を<u>見た</u>後で、家へ帰りました。
（看完電影之後就回家。）

> 第一句的「散歩します」是非過去式，而第二句的「帰りました」則是過去式，但放於「後で」前的動詞皆為た形。

3. 「VたあとでV」與「VてからV」兩個句型均有表示做完一個動作之後再做下一個動作之意。但是，「VてからV」重點放在動作的連續性，做完一個動作後馬上做下一個動作，而「VたあとでV」的重點則是時間上的前後關係。

36 同時

(1) ■ ～時

日本人は食事をする時、箸を使います。

日本人吃飯時用筷子。

❶ 「～時(とき)」表示「做某件事的特定時間」，前面可以接續動詞、名詞和形容詞等，接續方式如下：

ア.名詞＋の＋時

例：**子供の時、日本に住んでいました。**
(小時候住在日本。)

イ.イ形容詞＋時

例：**頭が痛い時、この薬を飲んでください。**
(頭痛時請服用這種藥。)

ウ.ナ形容詞＋時

例：**暇な時、どんなことをしますか。**
(有空的時候你都做些什麼呢？)

エ.動詞辭書形／た形／ない形＋時

例：**日本へ来る時、電話をください。**
(要來日本時請打電話給我。)

日本へ来た時、電話をください。
(來到日本時請打電話給我。)

2. 名詞、イ形容詞和ナ形容詞修飾「時(とき)」時，通常是用非過去式的時態。但是動詞修飾「時」，則必須留意前後動作順序，選擇不同時態。例——

日本へ来る時、電話をください。----先打電話再來日本

日本へ来た時、電話をください。----到了日本再打電話

(2) ▶ V_1ながら、V_2ます。

音楽(おんがく)を聞(き)きながら、勉強(べんきょう)します。

一邊聽音樂，一邊讀書。

1. 表示兩個動作同時進行，可以用「V_1ながらV_2」來表現，相當於中文的「一邊～一邊～」。要注意這時兩個動作的主體是同一個人。

2. 「V_1ながらV_2」是先將動詞V_1ます形的「ます」去掉再直接加上「ながら」，後面再接上另一個動詞V_2。不過，在這個句型裡，V_2是指主要的動作。

例：**父はお茶(ちゃ)を飲みながら、新聞を読みます。**

(父親邊喝茶邊看報。)　　　----主要是看報

37 助詞 は

(1)

■ は［話題］

テニスは外でしてください。

網球請在外面打。

1. 之前提過直接受詞要接助詞「を」，但是要將此受詞提示成爲主題時，則用「は」，此時具有強調的意思。

例：外で<u>テニスを</u>してください。----直接受詞
（請在外面打網球。）

<u>テニスは</u>外でしてください。----以直接受詞爲話題
（網球請在外面打。）

2. 不只助詞「を」前的名詞提示成爲主題時要改「は」，其它助詞「が」、「へ」、「で」、「に」之前的名詞要提示成爲主題時也要改成下列形式。

ア.「が」→「は」

例：数学は苦手です。　（數學很差。）

イ.「へ」→「へは」

例：台北へはあまり行きません。（不太常去台北。）

ウ.「で」→「では」

例：駅前では立候補者が演説をしています。
（車站前，候選人正在演講。）

エ.「に」→「には」

例：この中にはあなたがほしいものがあります。

（在這裡面有你想要的東西。）

3. 原本不用加助詞的時間副詞，在作話題表現時，同樣可以加「は」。

例：今日は人と約束があります。

（今天和人有約。）

もっと

助詞「も」與其他助詞連接時的用法也和「は」一樣——直接取代「が」「を」，但是遇到其他助詞時，則要接在助詞之後。

例：私は花を買いました。チョコレートも買いました。

(我買了花，也買了巧克力。)

あの人は顔がきれいで、性格もいいです。

(那個人長得好看，個性也好。)

昨日、台南へ行きました。高雄へも行きました。

(我昨天去了台南，也去了高雄。)

黒板に字を書きました。紙にも字を書きました。

(在黑板上寫了字，也在紙上寫了字。)

(2) ■ は [対比]

田中(たなか)さんは行(い)きますが、大山(おおやま)さんは行きません。

田中先生要去，但是大山先生不去。

❶ 當逆接的接續助詞「が」連接兩個意思對比的句子時，被舉出做爲對比的名詞後面伴隨的助詞要用「は」。

註：逆接的接續助詞除了「が」之外，也可作「けれども」。

例：**誰が行きますか。**　（有誰要去？）

➡ **田中さんが行きます。**（田中先生要去。）

➡ **田中さんは行きますが、大山さんは行きません。**

（田中先生要去，但是大山先生不去。）

> 以上例來説，疑問句問道：「誰が行きますか。」假設田中先生要去，則回答：「田中さんが行きます。」但是，如果回答是一肯定一否定兩個對比的句子，也就是説一個人去另一個人不去的情況時，表示主語的助詞就由「が」改為「は」。

❷ 助詞「が」在對比的表現時要改「は」，其它助詞「を」、「へ」、「で」、「に」在對比表現時的用法如下。

ア.「を」→「は」

例：**お酒(さけ)を飲みますか。**（你喝酒嗎？）

➡ **ビールは飲みますが、日本酒(にほんしゅ)は飲みません。**

（喝啤酒，但是不喝日本酒。）

ィ.「へ」→「へは」

例：よくプールや海へ泳ぎに行きますか。

(常去游泳池、海邊游泳嗎？)

➥ プールへはよく行きますが、海へは行きません。

(常去游泳池，但不去海邊。)

ゥ.「で」→「では」

例：マリアさん、よく映画を見ますか。

(瑪莉亞小姐，你常看電影嗎？)

➥ 国ではよく見ましたが、台湾では全然見ません。

(在我的國家時常看，但是在台灣就完全不看。)

ェ.「に」→「には」

例：誕生日やクリスマスによくプレゼントをもらいますか。

(生日、聖誕節時常收到禮物嗎？)

➥ 誕生日にはよくもらいますが、
クリスマスにはあまりもらいません。

(生日時常常會收到，但是聖誕節時不太會收到。)

❸ 原本不用加助詞的時間副詞在對比表現時，由不加任何助詞，改變爲要加「は」。

例：ここから山が見えますか。(從這裡可以看到山嗎？)

➥ 昨日は見えましたが、今日は見えません。

(昨天看得到，但是今天看不到。)

(3)

は [否定と共に使う]

A：お酒(さけ)を飲(の)みますか。

B：いいえ、お酒は飲みません。

你平常喝酒嗎？
不， 不喝酒。

❶ 「～はVません」不是將此動作全面否定，而是用「は」來強調否定的對象。以標題句爲例，回答否定時說：「不，不喝酒。」此時是強調「酒」不喝，但有可能喝果汁、茶…等等，所以被提示出來作爲否定的部分，助詞要由「を」改爲「は」。

❷ 助詞「を」遇到此種表現時要改「は」，其它助詞「が」、「へ」、「で」、「に」在此種表現的用法則如下。

ア.「が」→「は」

例：フランス語(ご)ができますか。（你會法文嗎？）

➡ いいえ、フランス語はできません。

（不，不會法文。）

註：回答者不會法文，但可能會其他語言。

イ.「へ」→「へは」

例：このバスは新竹(しんちく)へ行きますか。

（這輛巴士往新竹嗎？）

➡ いいえ、新竹へは行きません。

（不，不往新竹。）

註：這輛巴士不往新竹，但往其他地方。

ウ.「で」→「では」

例：毎朝(まいあさ)家でご飯を食べますか。

（每天早上在家裏吃早餐嗎？）

➡ いいえ、家では食べません。

（不，不在家吃。）

註：回答者不在家吃早餐，但在其他地方吃早餐。

エ.「に」→「には」

例：夏休(なつやす)みに故里(ふるさと)へ帰りますか。

（暑假回老家嗎？）

➡ いいえ、夏休みには帰りません。

（不，暑假不回去。）

註：回答者暑假不回老家，但可能其他時候回去。

3. 原本不用加助詞的時間副詞在此表現時，由不加任何助詞，改變爲要加「は」。

例：朝(あさ)新聞を読みますか。（早上看報紙嗎？）

➡ いいえ、朝は読みません。

（不，早上不看。）

註：回答者早上不看報紙，但可能其他時間會看。

プチテスト（小測驗）

(1) コーヒーを ＿＿＿ながら おんがくを 聞(き)きませんか。

(2) ともだちが ＿＿＿ 前(まえ)に へやを そうじしました。

(3) A「田中(たなか)さんを しって いますか。」

B「ええ、＿＿＿＿＿＿。」

(4) 大(おお)きい こえで 話(はな)＿＿＿＿ ください。

(5) テストは 1時に 始(はじ)＿＿＿＿、2時に おわります。

(6) ごはんを ＿＿＿＿ あとで、この くすりを のみます。

(7) その 友(とも)だちが あした ここに 来るか 来ない＿＿＿ わかりません。

正解：

(1) のみ (2) くる (3) 知(し)っています

(4) して/さないで (5) まって

(6) 食べた (7) か

38 原因

（1）

▶ ・・・から・・・。

たくさん宿題（しゅくだい）があるから、
わたしは遊（あそ）びに行（い）きません。

因為有很多作業，所以我不去玩。

❶ 之前提過「から」是表示「從～」之意，當時是接在名詞之後，而現在要看的這個「から」則是表示原因、理由，接在句子後，可以放在前後兩個句子中間，說明前句是後句的原因、理由。相當於中文的「因爲…所以…」。

例：お金がありませんから、行きません。
（因為沒有錢，所以不去。）

中文的「因為」放於句首，而日文的「から」則放在前句句尾。

❷ 「から」可接於敬體之後，也可以接於常體之後。但是，對方是長輩或者是不熟悉的人的情況，通常接於敬體之後較爲妥當。

例：たくさん宿題が<u>ありますか</u>ら、私は遊びに行きません

註；關於「敬體」與「常體」的說明，參見p.176。

(2)

▶ どうして・・・。

◀ ・・・から。

A：あなたはどうして学校(がっこう)を休(やす)みましたか。

B：風邪(かぜ)を引(ひ)きましたから。

你為什麼向學校請假呢？

因為我感冒了。

❶ 「どうして」是疑問句中詢問原因、理由的疑問詞。也可以改用「なぜ」，意思不變。

例：どうして会社を休みましたか。

（為什麼向公司請假呢？）

註：「～を休みます」是指向某個單位請假的意思。

例：今日は早く帰りたいです。（今天想早點回家。）

➡ どうしてですか。　（為什麼呢？）

➡ なぜですか。　（為什麼呢？）

❷ 「から」除了可放在句與句中間當接續助詞表示前後因果關係外，當疑問句用「どうして/なぜ・・・か」或「どうして/なぜ・・・ですか」詢問時，也可以在回答句尾加上「から」。放於句尾的「から」相當於中文的「因爲～」。

A：明日休みたいです。　（明天想請假。）

B：どうしてですか。　（為什麼呢？）

A：父の６０歳の誕生日ですから。

（因為是我父親六十歲生日。）

(3) ■ Vて［原因］

風邪(かぜ)を引いて、学校(がっこう)を休(やす)みました。

因為感冒，所以向學校請了假。

❶ て形本身並沒有表示原因、理由的功能，而是因爲「て」所連接的前後兩個句子中，前句表示原因，後句表示由此原因而產生的結果，所以て形才產生有原因、理由的用法。

❷ 動詞て形要表示原因、理由時，有以下幾種限制。

ア.前句所發生的事情，必須比後句先發生，且已經發生。若不符合此條件，則可用「から」來代替。

例：(○) **薬を飲んで、元気になりました。**
(喝了藥，變得有精神了。)

(×) **明日家でパーティーがあって、今晩(こんばん)掃除します。**

(○) **明日家でパーティーがありますから、今晩掃除します。**
(明天在家裡有派對，所以今晚要打掃。)

解説：例1是前句先發生，才產生後句的結果，也就是説先吃藥之後，病才好的，所以符合此項限制。但是，例2前句發生的時間（明天）比後句發生的時間（今晚）較晚，不符合此項限制，所以應改為例3的句子才正確。

イ.後句不可爲意志、命令、勸誘…等的意志表現。如果不符合此條件，則可用「から」來代替。

例：(×)風邪を引いて、明日学校を休みたいです。

(○)風邪を引きましたから、明日学校を休みたいです。

(因為感冒了，所以明天想跟學校請假。)

(×)まだ熱があって、この薬を飲んでください。

(○)まだ熱がありますから、この薬を飲んでください。

(因為還有發燒，所以請吃這個藥。)

もっと

動詞て形要表示原因、理由時，後句常會出現可能動詞或是表示感情的動詞或形容詞，例如「安心します」、「びっくりします」、「困ります」、「嬉しい」、「寂しい」、「残念」…等等。

例：家族に会えて、嬉しいです。

(能夠見到家人，覺得很高興。)

そのニュースを聞いて、びっくりしました。

(聽到那件新聞，嚇了一跳。)

用事があって、行けません。----可能動詞

(因為有事所以不能去。)

足が折れて、歩けません。----可能動詞

(因為腳斷了，所以不能走路。)

註：「可能動詞」請參見本系列叢書《3級文法一把抓》。

(4)

■ N＋で［原因］

病気で学校を休みました。

因為生病，所以向學校請了假。

❶ 助詞「で」加在名詞後面也可以表示原因，但此時使用的名詞多爲負面評價的名詞，像是「病気、火事、交通事故、台風、地震」等負面事物。

例：**交通事故で足が折れました。**

（因為發生交通事故，所以腳斷掉了。）

921の地震で家が倒れました。

（因為921的地震，所以家倒了。）

❷ 名詞後表示原因、理由的「で」，不可用在含有意志的表現句上，此時可使用之前提過同樣也是表示原因、理由的「から」。

例：**（×）風邪であした会社を休みたいです。**

（○）風邪ですから、あした会社を休みたいです。

（因為感冒，所以明天想跟公司請假。）

39 定義

(1) ■ ～というN

これはこころという小説(しょうせつ)です。

這是一本叫做「心」的小說。

1. 有時我們單單只講一個名詞，對方並不能完全理解你所要表達的事項，這時就可以用「～というN」的句型來說明其內容，這個句型相當於中文的「叫做～的N」「稱爲～的N」。註：這種句型結構稱為「同位語結構」。

例：さっき、木村(きむら)という人から電話があった。

(剛才有一位叫做木村的人打電話來。)

桜(さくら)という花は春(はる)に咲(さ)く。

(櫻花這種花在春天開花。)

2. 若用疑問句來表現，則要說成「これは何(なん)というものですか」(這叫什麼東西？)。

3. 相反的，如果只清楚名稱，但是對其內容、性質、定義缺乏了解時，也可以用「～というのは」當成話題提起，詢問該事物的具體內容。「～というのは」可以簡略成「～とは」(文章體)，或是「～って」(口語體)。

例：北海道(ほっかいどう)というのはどんな所ですか。

北海道とは/って どんな所ですか。

(北海道是個什麼樣的地方？)

40 副詞修飾

(1)

■ Aく V

■ Naに V

わたしは毎朝(まいあさ)早(はや)く起(お)きます。

あの人(ひと)は字(じ)をきれいに書(か)きます。

我每天早上早起。
他寫字很漂亮。

❶ 形容詞修飾名詞，而副詞修飾動詞，不過日語裡的形容詞也可以變成「副詞形」而具有副詞的功能。

例：ゆうべ、遅(おそ)く寝ました。（昨天晚上晚睡。）

まじめに働きます。　（認真地工作。）

❷ イ形容詞的副詞形是將語尾的「い」去掉，換成「く」。

例：遅い　→　遅く

面白(おもしろ)い　→　面白(おもしろ)く

❸ ナ形容詞的副詞形是直接在語幹後面加上「に」。

例：まじめ　→　まじめに

簡単(かんたん)　→　簡単(かんたん)に

(2)

■ Vて V
■ Vないで V

この辞書(じしょ)を使(つか)って勉強(べんきょう)します。

今朝(けさ)ご飯(はん)を食(た)べないで学校(がっこう)へ来(き)ました。

使用這本字典來讀書。

今天早上沒吃早餐就來學校了。

❶ 動詞修飾動詞時是用て形，表示前項動作是後項動作的輔助方法或手段。

例：毎日歩(ある)いて学校へ行きます。

(我每天走路上學。)

地図(ちず)を見て、来ました。

(看地圖來的。)

しょう油(ゆ)をつけて、食べます。

(沾醬油吃。)

❷ 「Vないで」與上述的「Vて」的用法相同，是用否定的方式來修飾後面主要動詞，說明在不做什麼的狀況下進行動作或作用。

例：地図を見ないで、来ました。

(沒看地圖來的。)

しょう油(ゆ)をつけないで、食べます。

(不沾醬油吃。)

(2-1)

■ どうやって V

会場（かいじょう）へはどうやって行（い）きますか。

會場怎麼去呢？

❶「どうやって」也是作副詞用法，通常用於問路或詢問方法、方式時，相當於中文「怎麼做」、「用什麼方法」。此句型的回答方式可用動詞て形來回答。例——

A：○○デパートへはどうやって行きますか。
（○○百貨公司怎麼去呢？）

B：台中駅で103番のバスに乗って、
デパート前で降ります。
（在台中車站搭103號的公車，在百貨公司前下車。）

41 變化

(1)

■ Aくなります

これからだんだん暑(あつ)くなります。

從現在起漸漸會變熱。

1. 「なります」是一個自動詞，通常接於イ形容詞、ナ形容詞、名詞之後，用來表示某種狀態的自然變化，此時形容詞必須作副詞用法。

   註：「だんだん」是副詞，「漸漸」的意思。

2. イ形容詞＋「なります」時，イ形容詞的語尾「い」要改成「く」，再接「なります」。

   例：頭(あたま)がよくなりました。　(頭腦變好了。)
   　　背(せ)が高くなりました。　(身高變高了。)

（2）

■ Naに なります

■ N＋に なります

鈴木(すずき)さんは綺麗(きれい)になりました。

あの人(ひと)は先生(せんせい)になりました。

鈴木小姐變漂亮了。
那個人當了醫生。

❶ ナ形容詞＋「なります」時，是直接在ナ形容詞語幹後面加上「に」，再接「なります」。

例：ここは賑(にぎ)やかになりました。　（這裏變熱鬧了。）

交通(こうつう)が便利(べんり)になりました。　（交通變方便了。）

❷ 名詞＋「なります」時，必須加上助詞「に」，再接「なります」。「なります」」中譯爲「變…」，但與名詞使用時，常常無法直譯，須視句意而定。

例：私は将来(しょうらい)野(や)球(きゅう)選手(せんしゅ)になりたいです。
（我將來想成為棒球選手。）

母は来年(らいねん)６０歳になります。
（我母親明年就六十歲。）

(3) (〜を) Aくします

部屋（へや）を明（あか）るくしました。

把房間變明亮了。

❶「します」是一個他動詞，通常接於イ形容詞、ナ形容詞、名詞之後，用來表示籍由人爲力量將某個對象變成某種狀態。這個被變化的對象，也就是受詞，所以它之後的助詞要用「を」。

❷ イ形容詞＋「します」時，イ形容詞的語尾「い」要改成「く」，再接「します」。

例：布（ぬの）を赤（あか）くしました。
(把布染紅了。)
テレビの音（おと）を小（ちい）さくしてください。
(請把電視的音量調小聲。)

（4）

■ (~を) Naにします

■ (~を) N+にします

公園(こうえん)を綺麗(きれい)にしました。

リンゴをジャムにしました。

把公園打掃乾淨了。
把蘋果做成果醬。

❶ ナ形容詞+「します」時，是直接在ナ形容詞語幹後面加上「に」，再接「します」。

例：**彼女(かのじょ)は人間関係(にんげんかんけい)を複雑(ふくざつ)にしました。**
（她把人際關係弄複雜了。）
静(しず)かにしてください。
（請安靜。）

❷ 名詞+「します」時，必須加上助詞「に」，再接「します」。

例：**砂糖(さとう)の量(りょう)を半分(はんぶん)にしてください。**
（請把砂糖的量減半。）

❸ 「名詞にします」除了上述用法之外，還有表示決定、選擇的用法。

例：**時間(じかん)は来週(らいしゅう)の土曜日にしました。**
（時間決定於下個禮拜六。）
サイズはLにしますか、Mにしますか。
（尺寸是要L還是M呢？）

(5) もう

あの人(ひと)はもう家(うち)に帰(かえ)りました。

もうお金(かね)がありません。

他已經回家了。

已經沒有錢了。

❶ 副詞「もう」後面接肯定句，表示某件事或某個狀態已經發生或結束、完了，相當於中文的「已經～」。

例：**締(し)め切(き)りはもう過(す)ぎました。**

(截止時間已經過了。)

もう昼(ひる)ですよ。

(已經中午了。)

❷ 副詞「もう」除了可以後接肯定句用來表示已經完成的事物之外，也可以後接否定句，此時表示某件事或某個狀態已經不再存在，相當於中文的「已經沒有～」或「不再～」。

例：**もうあの人にお金を貸しません。**

(再也不借錢給他了。)

あなたはもう社長(しゃちょう)ではありません。

(你已經不再是公司的老闆了。)

（6） まだ

まだ時間（じかん）があります。
あの人（ひと）はまだここへ来（き）ません。

還有時間。
他還沒有來。

1. 副詞「まだ」後面接肯定句時，表示某件事或某個狀態還在進行。相當於中文的「還～」或「尚～」。

例：**彼はまだ眠（ねむ）っています。**
（他還在睡。）

体（からだ）はまだ大丈夫（だいじょうぶ）です。
（身體狀況還可以。）

2. 副詞「まだ」後面若接否定句，則表示某件事或某個狀態尚未結束、完了。此時句型使用的是非過去式，中文意思是「尚未」或「還沒有～」。

例：**会議はまだ終（お）わっていません。**
（會議還沒結束。）

まだあなたのものではありません。
（還不是你的東西。）

42 自他成對動詞

(1) 自他動詞のペア

車(くるま)が止(と)まります。
車を止(と)めます。

車子停下來。
停車。

❶ 何謂「自動詞」？何謂「他動詞」？「自動詞」就是「自然發生的動作，或是某動作自然產生某種變化」的動詞，與主語結合就可構成一個句子。他動詞則是「爲了達到某目的而採取某行動，進行某動作」的動詞，一般而言使用助詞「を」連接的多是他動詞，也就是說，它會結合主語和受詞構成句子。

註：中文動詞不像日語有自動詞和他動詞之分，所以初學者對於日語自動詞與他動詞的區分會覺得特別困難。

例：おかしいですね。電気(でんき)が消(き)えました。 ----自動詞
(真奇怪！停電了。)
部屋(へや)の電気を消(け)しました。----他動詞
(關掉房間的燈。)
大学に入(はい)ります。----自動詞
(進入大學。)
冷蔵庫(れいぞうこ)の中(なか)にビールを入(い)れます。----他動詞
(把啤酒放進冰箱。)

2. 日語裡有很多自動詞和他動詞外形相似剛好成對，首先我們可以先了解它們的變化規則，如此才能有效記住自動詞和他動詞。

ア.自動詞爲「～＋あ段假名＋る」或「う」段假名結尾時，他動詞爲自動詞的下一段動詞。如「止(と)まる、止(と)める」、「掛(か)かる、掛(か)ける」、「開(あ)く、開(あ)ける」、「立(た)つ、立(た)てる」、「並(なら)ぶ、並(なら)べる」、「付(つ)く、付(つ)ける」等。

註：但是「響(ひび)く」「開(ひら)く」「合(あ)う」例外。

イ.自動詞爲「～る」時，他動詞則爲「～す」「～らす」「～らせる」「～せる」。如「直(なお)る、直(なお)す」、「散(ち)る、散(ち)らす」、「走(はし)る、走(はし)らせる」、「乗(の)る、乗(の)せる」等。

ウ.自動詞爲「～れる」時，他動詞則爲「～る」「～す」「～らす」。如「割(わ)れる、割(わ)る」、「壊(こわ)れる、壊(こわ)す」、「暮(く)れる、暮(く)らす」等。

エ.自動詞爲「～える」，他動詞則爲「～やす」「～す」。如「冷(ひ)える、冷(ひ)やす」、「消(き)える、消(け)す」等。

オ.自動詞是「～ける」，他動詞爲「～く」「～かす」。如「焼(や)ける、焼(や)く」、「溶(と)ける、溶(と)かす」等。

カ.自動詞是「～く」，他動詞爲「～かす」。如「沸(わ)く、沸(わ)かす」、「動(うご)く、動(うご)かす」等。

キ.自動詞是「～む」，他動詞爲「～ます」。如「悩(なや)む、悩(なや)ます」、「済(す)む、済(す)ます」等。

43 動詞［てあります］

（1）

■ Vてあります

黒板（こくばん）に字（じ）が書（か）いてあります。

黒板上寫著字。

❶ 中文只著重「動作的結果」，因此只有一種解釋來說明動作的狀態，日語則有兩種說法，一種是用「~~が自動詞+ています~~」的方法來表達，另一種則是「~~が他動詞+てあります~~」的方式。

❷ 在之前的單元裡已經學過「～ています」的用法，其中一種就是「～が自動詞＋ています」，意思是指「某些不確定的人、物或自然的力量造成了目前看到的狀態，或是動作發生剎那間的結果一直持續存在的狀態」。

❸ 「～が他動詞＋てあります」則是表示「某人為了某種目的或理由而造成了目前的狀態」，也就是說「已經被～」或「某人已經將之～」。

❹ 「～てあります」主要是作「他動詞」的動作完成後，該動作的對象所處的狀態。由於表示動作的對象已成為主語，所以助詞「を」要改為「が」。以下試著將一個動作分解成幾個慢動作來做說明。

以「開門」為例，可以分成下面這幾個階段──

→わたしはドアを開(あ)けます。 ----動作即將進行
（我要開門。）

→わたしはドアを開けています。----動作持續進行的狀態
（我正在開門。）

→わたしはドアを開けました。----動作完成
（我把門打開了。）

→ドアが開けてあります。----動作完成後的狀態
（門開著。）

「ドアが開けてあります」是用來強調某人因為某種目的或理由而把門打開。如果單純敘述眼前剎那間所看到的狀態，我們可以用「ドアが開いています」（門開著）來表示。

もっと

動詞「～ています」也有表示「動作完成後的狀態」的用法，但要視動詞的性質而定。一般情況如下。

ア.持續性動詞+ています：表示動作正在進行
例：書いています(正在寫)　掛けています(正在掛)

イ.瞬間性動詞+ています：表示動作完成後的狀態
例：立っています(站著)　座っています(坐著)

比較：
ウ.持續性他動詞+てあります：表示動作完成後的狀態
例：字が書いてあります (寫著字)
絵が掛けてあります (掛著畫)

44 常體

(1)

▶ ・・・Nだ。

▶ ・・・Nだった。

▶ ・・・Nではない。

▶ ・・・Vではなかった。

雨(あめ)だ。雨だった。

雨ではない。雨ではなかった。

❶ 之前在「人際關係」單元裡提到過日本的社會很重視「親疎関係」和「上下関係」，這兩種關係除了在稱謂上表現出敬稱與自稱之外，在文體上也表現出「敬體」和「常體」兩種。

❷ 「敬體」和「常體」又可稱「禮貌體」和「普通體」。之前我們看到的名詞句、イ形容詞句、ナ形容詞句都以「です」結尾，動詞句則以「ます」結尾，這些都稱爲敬體。反之，當句尾不以「です」、「ます」做結尾的，我們將它稱爲常體。

❸ 敬體是一般初學者先會學到的文體，因爲它無論在任何場合、任何時間、對任何人都可以使用。對上司、長輩或第一次見面的人、不太熟悉的同輩要用「敬體」，

而對下級、晚輩或熟悉的朋友、同事、家人則用常體。

> 對年齡比自己小、身份地位低，但不太熟悉的人時，有時也會用敬體，所以在不清楚的狀況之下，最好用敬體比較妥當，否則用錯常體會讓對方感到不舒服、失禮、甚至粗魯。

❹ 報章雜誌、論文、書籍通常使用常體，而一般書信則使用敬體。

❺ 名詞句的敬體肯定改爲常體肯定的方式是，非過去時將「です」改爲「だ」，過去式時將「でした」改爲「だった」。

敬體		常體
・・・雨です。	→	・・・雨だ。
・・・雨でした。	→	・・・雨だった。

❻ 名詞的敬體否定改爲常體否定的方式是，非過去時將「ではありません」改爲「ではない」，過去式時將「ではありませんでした」改爲「ではなかった」。

敬體		常體
・・・雨ではありません。	→	・・・雨ではない。
・・・雨ではありませんでした。	→	・・・雨ではなかった。

註：「では」在口語中可簡略成「じゃ」，作「～じゃありません、～じゃない・・・」。

（2）

▶ ・・・Aい。

▶ ・・・Aかった。

▶ ・・・Aくない。

▶ ・・・Aくなかった。

高（たか）い。高かった。

高くない。高くなかった。

❶ イ形容詞句的敬體改爲常體的方式是，無論非過去、過去或肯定、否定，都是將句尾的「です」拿掉即可。

敬體		常體
・・・高いです。	→	・・・高い。
・・・高かったです。	→	・・・高かった。
・・・高くないです。	→	・・・高くない。
・・・高くなかったです。	→	・・・高くなかった。

註：イ形容詞的敬體否定另有「～くありません、～くありませんでした」的形式。

(3)

▶ ・・・Naだ。
▶ ・・・Naだった。
▶ ・・・Naではない。
▶ ・・・Naではなかった。

好(す)きだ。好きだった。
好きではない。好きではなかった。

❶ ナ形容詞句的敬體改爲常體的方式與名詞句一樣，非過去肯定時將「です」改爲「だ」，過去式肯定時將「でした」改爲「だった」。非過去否定時將「ではありません」改爲「ではない」，過去式否定時將「ではありませんでした」改爲「ではなかった」。

敬體		常體
・・・好きです。	→	・・・好きだ。
・・・好きでした。	→	・・・好きだった。

敬體		常體
・・・好きではありません。	→	・・・好きではない。
・・・好きではありませんでした。	→	・・・好きではなかった。

註：「では」在口語中可簡略成「じゃ」，作「～じゃありません、～じゃない・・・」。

(4)

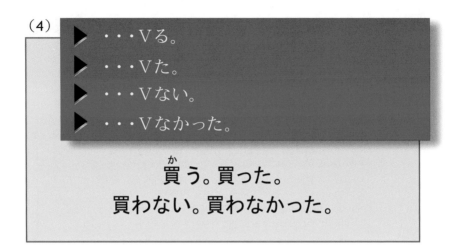

▶ ・・・Vる。
▶ ・・・Vた。
▶ ・・・Vない。
▶ ・・・Vなかった。

買(か)う。買った。
買わない。買わなかった。

1. 動詞的敬體改爲常體時，非過去肯定、過去式肯定、非過去否定分別用「辞書形」、「た形」、「ない形」表現。至於常體過去式則是用「ない形」的過去式，也就是「Vなかった」來表示。

敬體		常體
・・・買います。	→	・・・買う。
・・・買いました。	→	・・・買った。
・・・買いません。	→	・・・買わない。
・・・買いませんでした。	→	・・・買わなかった。

45 連體修飾

(1) ■ N・Aい・Naな・V ＋N

きのう見(み)た歌手(かしゅ)

昨天看到的歌手

❶ 所謂「連體修飾」指的是修飾名詞，之前提過的有：名詞修飾名詞時用「の」，イ形容詞修飾名詞時不加任何字，ナ形容詞修飾名詞時用「な」。

例：**日本の歌手**　（日本的歌手）　----N＋の＋N

かわいい歌手　（可愛的歌手）　----Aい＋N

有名な歌手　（有名的歌手）　----Naな＋N

❷ 動詞修飾名詞時是以「常體」作爲接續，中文譯成「～的～」，但要注意實際上並沒有助詞「の」！

例：**食べる人**　（要吃的人）　----非過去肯定常體

食べない人　（不吃的人）　----非過去否定常體

食べた人　（吃了的人）　----過去肯定常體

食べなかった人（沒吃的人）　----過去否定常體

（2） 節＋N

あれは大学へ行くバスです。

那輛是開往大學的巴士。

❶ 除了用單字修飾名詞，句子同樣也可以修飾名詞，稱爲「修飾句」。接續時是以直接連接名詞的單字詞性去作變化。

❷ 一個句子在修飾名詞時，可分爲以下三種狀況。

ｱ.動詞句＋名詞

例：{温泉へ行く} **人は誰ですか。**

（要去溫泉的人是誰？）

{温泉へ行かない} **人は誰ですか**

（不去溫泉的人是誰？）

{温泉へ行った} **人は誰ですか。**

（去了溫泉的人是誰？）

{温泉へ行かなかった} **人は誰ですか。**

（沒有去溫泉的人是誰？）

ｨ.イ形容詞句＋名詞

例：**あの** {背が高くて、目が大きい} **人は誰ですか。**

（那個身高又高、眼睛又大的人是誰呢？）

ｩ.ナ形容詞句＋名詞

例：**あの** {親切で、きれいな} **人は誰ですか。**

（那個又親切又漂亮的人是誰呢？）

(3)
節內の「が」と「の」の交替

私(わたし)は友達(ともだち)の/が作(つく)った料理(りょうり)を食(た)べました。

我吃了朋友做的料理。

❶ 標題句可以看成是「友達は料理を作りました」「私はそれを食べました」這兩個句子的結合。第二句中的「それ」就代表第一句中的「料理」——

友達は料理を作りました。　（朋友做了料理。）

→**わたしは｛それ｝を食べました。**

（我吃了那個。）

→**わたしは｛友達は作った料理｝を食べました。**（は ✕）

但因爲修飾名詞的句子，主語的助詞不可用「は」，要用「が」，所以——

→**わたしは｛友達が作った料理｝を食べました。**

（我吃了朋友做的料理。）

❷ 修飾名詞的句子，主語的助詞除了用「が」之外，也可用「の」來代替之。

例：｛けさ、背が高い｝**人がここへ来ました。**

｛けさ、背の高い｝**人がここへ来ました。**

（今天早上、一個個子高大的人來了這裡。）

46 推量

(1)

▶ (たぶん)・・・でしょう。

明日(あした)はいい天気(てんき)でしょう。

明天大概會是好天氣吧！

❶ 我們之前學過的「です」是表示說話者的判斷，而「でしょう」則是「です」的推測語氣，表示說話者進行推測的心情。當說話者推測對方心情或預測未來事物而無法清楚、明確地判斷時，就用「でしょう」。

❷ 名詞句、形容詞句直接將「です」改成「でしょう」，動詞句則是將「でしょう」加在常體之後。

例：**優勝(ゆうしょう)はまた五木(いつき)さんでしょう。**
(冠軍想必又是五木先生吧。)
杉本(すぎもと)さんは来るでしょう。
(杉本先生會來吧。)

❸ 「でしょう」後面加「か」，成為「…でしょうか」時，語氣更委婉，更有禮貌，此時語調通常下降。

❹ 善用搭配的副詞可以表示不同程度的推測，如「きっと…でしょう(一定是…吧)」「おそらく…でしょう(很可能…吧)」「たぶん…でしょう(大概…吧)」等。

❺ 「…でしょう」也是會話中徵求對方同意的一種表達方式，相當於中文的「…吧」。此時語調多爲上揚。

A：**これがかわいいでしょう。**(↗)　(這個很可愛吧！)

B：**ええ。**　　(對。)

もっと

「でしょう」必須是猜測他人，不能用於猜測自己。如果內容牽涉到自己本身時，可以改用「～かもしれません」的說法。

例：(×)私は来月ホンコンに行くでしょう。

(○)私は来月(らいげつ)ホンコンに行くかもしれません。

(我也許下個月會去香港。)

47 終助詞

（1）

▶ ・・・よ。

このラーメン、おいしいよ。

這個拉麵很好吃喔！

❶ 日語日常對話中，經常會加終助詞來表達語氣。終助詞「よ」有三種常見的用法。

ア.積極主動地告訴聽話者不知道的事情、新的資訊。

例：**このラーメンはおいしいよ。**

（這個拉麵很好吃喔！）

イ.十分肯定地告訴對方自己的見解。

例：**適切（てきせつ）な運動（うんどう）はあなたの足（あし）にいいですよ。**

（適當的運動對你的腳是好的哦！）

ウ.表示強調自己的動作、狀態和提醒。

例：**暇（ひま）じゃないよ。**

（沒有空喔！）

❷ 句中的助詞在不影響意思判斷時，會話中通常會省略，尤其是格助詞「は」「が」「を」。

例：**このラーメン、おいしいよ。**

（這個拉麵很好吃喔！）

(2) ▶・・・ね。

あの犬（いぬ）、かわいいね。

那隻狗好可愛喔！

❶ 終助詞「ね」有三種常見的用法。

ア.說話者對聽話者陳述自己的感受、心情。

例：**あの犬、かわいいね。**
（那隻狗好可愛哦！）

イ.對對方的勸誘、看法意見表示贊同。

例：**立派（りっぱ）な美術館（びじゅつかん）だね。**　（很壯觀的美術館哦！）
➥ **そうだね。**　（是呀！）

ウ.向對方確認自己所聽、所認知的事物是否正確。

例：**図書館（としょかん）はまっすぐ行って右（みぎ）です。**
（圖書館在直直走右手邊。）
➥ **まっすぐ行って右ですね。**
（直直走右手邊對吧！）

❷ 對於對方所提的問題、勸誘、建議等，不能馬上回答時，通常會用「そうですね/そう(だ)ね」來表示要思考之意。註：這時通常會將「ね」拉長成「ねえ」。

例：**日本の生活（せいかつ）はどうですか。**
（日本的生活如何呢？）
➥ **そうですね(え)。物価（ぶっか）は高いですが、生活は便利です。**
（嗯…物價很高，但是生活很便利。）

(3) ▶ ・・・わ。

窓(まど)を開(あ)けないでください。

請不要開窗。

❶ 終助詞「わ」爲女性用語，在此舉出兩種常見用法。

註：日本年輕一代的言語使用已漸趨中性化，女性用語或男性用語之界限日漸模糊，日前年輕一代女姓使用下述用法多為強調或說笑用法。

ア.與「よ」同樣用於強調自己的動作、狀態和提醒，但語感中多了表示有教養、有禮貌之意。

例：**待(ま)っているわ。** (等你喔！)

イ.女性用於表示心理的感受和感動。

例：**すばらしいわ、この景色(けしき)。**(太棒了！這個景色。)

これ、安(やす)いわ。 (這個好便宜哦！)

❷ 終助詞「よ」「ね」「わ」也可兩兩相加，排列時「わ」一定在最前，然後是「よ」，最後才是「ね」。

例：**一緒にご飯を食べない？** ♀♂

（要不要一起吃個飯呢？）

➡**うん、いいね。** （嗯，好啊！）♀♂

➡**うん、いい<u>わね</u>。** （嗯，好啊！）♀

(4) 助詞の省略

あした、暇(ひま)？

明天有空嗎？

1. 疑問句中的疑問助詞「か」，在常體時常會被省略掉。會話當中會將語調上昇來代表疑問之意，而文章體時會在句尾用「?」表示。

例：**コーヒー、飲む？**　(要喝咖啡嗎？)

2. ナ形容詞、名詞、疑問詞常體疑問句中，常體的語尾「だ」會脫落掉。

例：**あの人、きれい？**　(那個人漂亮嗎？)
あした、休み？　(明天放假嗎？)
仕事(しごと)はどう？　(工作如何呢？)

3. 回答名詞和ナ形容詞（形容動詞）的疑問句時，肯定的常體「だ」因爲語氣很強，通常會被省略或者加上終助詞來緩和語氣，尤其女性通常不用「～だ」。

例：**あした休み？**　(明天有放假嗎？)　♀♂
➡**うん、休み。**　(嗯，有放假。)　♀♂
➡**うん、休みだよ。**　(嗯，有放假喔！)　♂(♀)
➡**うん、休みだ。**　(嗯，有放假！)　♂
➡**うん、休みよ。**　(嗯，有放假喲。)　♀

プチテスト（小測驗）

(1)　わたしは　かぜ＿＿　あたまが　いたいです。

(2)「もう　はじまりますか。」
「いいえ、＿＿＿＿　時間(じかん)が　あります。」

(3)　これは　きょねん　きょうとで　＿＿＿＿　しゃしんです。

(4)　なまえは　大(おお)＿＿　かきましょう。

(5)　これは　わたしの　かさですよ。わたしの　なまえが
＿＿＿＿　あります。

(6)　しゅくだいが　たくさん　＿＿＿から、きのうは
テレビを　見(み)ませんでした。

(7)「じゅぎょうは　どうですか。」
「そうです＿＿、ちょっと　むずかしいですが、
おもしろいです。」

正解：
(1) で　(2) まだ　(3) とった
(4) きく　(5) 書いて　(6) ある
(7) ね

參考書籍

❏日本国際教育支援協会、国際交流基金
《日本語能力試験　出題基準》凡人社

❏国際交流基金
《教師用日本語教育ハンドブック3 文法 I 助詞の諸問題》凡人社
《教師用日本語教育ハンドブック4 文法 II 助動詞を中心にして》凡人社

❏庵功雄、高梨信乃、中西久実子、山田敏宏
《初級を教える人のための日本語文法ハンドブック》スリーエーネットワーク

❏グループ・ジャマシイ
《教師と学習者のための日本語文型辞典》くろしお出版

❏野田尚史
《日本語文法セルフマスターシリーズ1「は」と「が」》くろしお出版

❏砂川有里子
《日本語文法セルフマスターシリーズ2 する・した・している》くろしお出版

❏益岡隆志、田窪行則
《日本語文法セルフマスターシリーズ3 格助詞》くろしお出版

❏友松悦子
《どんなときどう使う日本語表現文型200》アルク

❏富田隆行
《文法の基礎知識とその教え方》凡人社

❏寺村秀夫、鈴木泰、野田尚史、矢澤真人
《ケーススタディ日本文法》おうふう

❏新屋映子、姫野供子、守屋三千代
《日本語教科書の落とし穴》アルク

❏田中稔子
《田中稔子の日本語の文法ー教師の疑問に答えます》日本近代文芸社

❏酒入郁子、桜木紀子、佐藤由紀子、中村貴美子
《外国人が日本語教師によくする100の質問》バベルプレス

❏加藤泰彦、福地務
《テンス・アスペクト・ムード》荒竹出版

❏平林周祐、浜由美子
《敬語》荒竹出版

❏森田良行
《日本語の類義表現》創拓社
《基礎日本語辞典》角川書店

❏文化庁
《外国人のための基本用語用例辞典(第二版)》鴻儒堂

❏蔡茂豐
《現代日語文的口語文法》大新書局

❏謝逸朗
《明解日本口語語法－助詞篇》文笙書局

❏林錦川
《日語語法之分析①動詞》文笙書局
《日語語法之分析⑤助詞》文笙書局

❏楊家源
《日語照歩走》宇田出版社

日本語能力試験

4級・文法テスト　（平成18）

もんだいⅠ　＿＿の　ところに　何を　入れますか。1・2・3・4から　いちばん　いい　ものを　一つ　えらびなさい。

(1)　毎日　しんぶん＿＿＿　読みます。

1　が　　2　に　　3　を　　4　へ

(2)　きのうの　パーティー＿＿＿　何を　しましたか。

1　を　　2　で　　3　へ　　4　が

(3)　りんご＿＿＿　3つ　買いました。

1　が　　2　に　　3　の　　4　を

(4)　どの人＿＿＿　山下さんですか。

1　が　　2　を　　3　は　　4　か

(5)　わたしは　おじいさん＿＿＿　よく　さんぽを　します。

1　と　　2　を　　3　の　　4　へ

(6)　ナイフ＿＿＿　パンを　きりました。

1　で　　2　が　　3　に　　4　を

(7)　おすしを　食べました。それから、てんぷら＿＿＿　食べました。

1　が　　2　か　　3　は　　4　も

(8) すみません、お水＿＿＿＿ ください。

1 が　　2 を　　3 に　　4 や

(9) としょかんで 3時間 べんきょうしました。でも、うち＿＿＿＿ しませんでした。

1 とは　　2 がは　　3 には　　4 では

(10) わたしは 友だち＿＿＿＿ 電話を しました。

1 に　　2 や　　3 を　　4 で

(11) あには サッカー＿＿＿＿ すきです。

1 と　　2 の　　3 が　　4 に

(12) 12時＿＿＿＿ なりました。ひるごはんの 時間です。

1 が　　2 に　　3 から　　4 へ

(13) 車の うしろ＿＿＿＿ 子どもが います。

1 に　　2 で　　3 を　　4 へ

(14) 母は かぜ＿＿＿＿ びょういんへ 行きました。

1 に　　2 が　　3 で　　4 は

(15) カトレア＿＿＿＿ いう 店を しって いますか。

1 を　　2 が　　3 に　　4 と

もんだいⅡ　＿＿＿の　ところに　何(なに)を　入(い)れますか。1・2・3・4から　いちばん　いい　ものを　一(ひと)つ　えらびなさい。

(1)　わたしの　へやは　あまり　＿＿＿。

1　きれくないです　　　2　きれくありません

3　きれいありません　　4　きれいじゃありません

(2)　きのうは　はを　＿＿＿　ねました。

1　みがくないで　　　2　みがかないで

3　みがないで　　　　4　みがきないで

(3)　ギターを　＿＿＿　ください。

1　ひきて　　2　ひいて　　3　ひいで　　4　ひきって

(4)　あしたは　ゆきが　＿＿＿でしょう。

1　ふりて　　2　ふって　　3　ふる　　4　ふると

(5)　中山(なかやま)「いま　すぐ　でかけましょうか。」

上田(うえだ)「いいえ、そうじを　＿＿＿から　でかけましょう。」

1　して　　2　した　　3　する　　4　しって

(6)　さいふを　＿＿＿　こまりました。

1　なくします　2　なくした　3　なくす　4　なくして

(7)　来週(らいしゅう)　国(くに)へ　＿＿＿　人(ひと)は　いますか。

1　かえっての　2　かえる　3　かえるの　4　かえって

(8) もう　少(すこ)し　______　して　くださいませんか。

1　しずかに　2　しずかだ　3　しずか　4　しずかで

(9) 先週(せんしゅう)は　しゅくだいが　多(おお)くて　______。

1　たいへんしました　2　たいへんです

3　たいへんでした　4　たいへんだったでした

(10) しごとが　______　なりました。

1　いそがしいに　2　いそがしく

3　いそがしい　4　いそがしくて

(11) わたしは　外国(がいこく)で　______たい。

1　はたらけ　2　はたらい　3　はたらく　4　はたらき

(12) あの　ケーキは　______よ。

1　おいしくなかった　2　おいしいくなかった

3　おいしいじゃなかった　4　おいしくないだった

(13) ______ながら　食(た)べないで　ください。

1　あるく　2　あるいて　3　あるき　4　あるかない

(14) ______　ときは、先生(せんせい)に　聞(き)きます。

1　わからないの　2　わからない

3　わかったの　4　わかって

(15) この　レストランは　いつも　たくさん　人(ひと)が______ね。

1　ならんで　あります　2　ならべて　います

3　ならんで　います　4　ならべて　あります

もんだいⅢ　＿＿の　ところに　何(なに)を　入(い)れますか。1・2・3・4 から　いちばん　いい　ものを　一(ひと)つ　えらびなさい。

(1)　＿＿＿＿で　えいがを　見(み)ますか。

1　どこ　　2　どんな　　3　どう　　4　どの

(2)　わたしは　＿＿＿＿　買(か)いませんでした。

1　どれを　　2　いくら　　3　何(なに)か　　4　何も

(3)　きょうは　よる　9時(じ)　＿＿＿＿　かえります。

1　じゅう　　2　まで　　3　ごろ　　4　ぐらい

(4)　あした　わたしの　へやへ　あそびい＿＿＿＿か。

1　きてください　　2　きました

3　きません　　4　きましょう

(5)　ぎゅうにゅうは　ぜんぶ　飲(の)みました。＿＿＿＿ ありません。

1　とても　　2　もっと　　3　まだ　　4　もう

(6)　ゆうべは　＿＿＿＿　ねましたか。

1　どんな　　2　どのぐらい

3　いくつ　　4　どちら

もんだいⅣ　どの　こたえが　いちばん　いいですか。1・2・3・4 から　いちばん　いい　ものを　一つ（ひとつ）　えらびなさい。

(1)　A「かいぎの　へやは　4かい　ですね。」

B「＿＿＿＿＿＿。5かい　ですよ。」

1　はい、そうです　　　2　とても いいです

3　いいえ、ちがいます　　4　わかりません

(2)　A「だれが　おさらを　あらいましたか。」

B「＿＿＿＿＿＿。」

1　いいえ、あらいませんでした

2　父（ちち）の おさらです

3　父が あらいました

4　はい、あらいました

(3)　（電話（でんわ）で）

A「もしもし、すずきです。そちらに　中田（なかた）さんは いますか。」

B「はい、＿＿＿＿＿＿。」

1　そちらは　すずきです　　2　ちょっと まって ください

3　そちらにいます　　4　中田さんです

(4)　A「ごはんを　食（た）べてから、おふろに　入（はい）りますか。」

B「いいえ、わたしは　＿＿＿＿＿＿。」

1　ごはんの　まえに　入ります

2　食べたあとで　入ります

3　いつも　一人(ひとり)で　食べます

4　ごはんを　たくさん　食べません

正解：

もんだいⅠ

(1) 3	(2) 2	(3) 4	(4) 1
(5) 1	(6) 1	(7) 4	(8) 2
(9) 4	(10) 1	(11) 3	(12) 2
(13) 1	(14) 3	(15) 4	

もんだいⅡ

(1) 4	(2) 2	(3) 2	(4) 3
(5) 1	(6) 4	(7) 2	(8) 1
(9) 3	(10) 2	(11) 4	(12) 1
(13) 3	(14) 2	(15) 3	

もんだいⅢ

(1) 1	(2) 4	(3) 3	(4) 3
(5) 4	(6) 2		

もんだいⅣ

(1) 3	(2) 3	(3) 2	(4) 1

日本語能力試験

4級・文法テスト　（平成17）

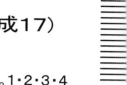

もんだいI　＿＿の　ところに　何(なに)を　入(い)れますか。1・2・3・4 から　いちばん　いい　ものを　一(ひと)つ　えらびなさい。

(1)　山田(やまだ)さんは　となりの　へや＿＿　います。

1　に　　2　へ　　3　や　　4　を

(2)　ふゆ休(やす)みは　らいしゅう＿＿　はじまります。

1　と　　2　まで　　3　から　　4　が

(3)　この　カメラ＿＿　きのう　かいました。

1　が　　2　は　　3　の　　4　で

(4)　わたしは　きょう　6時(じ)に　会社(かいしゃ)＿＿　出(で)ます。

1　を　　2　と　　3　が　　4　で

(5)　あねは　デパートへ　かいもの＿＿　出(で)かけました。

1　が　　2　を　　3　と　　4　に

(6)　あにの　へやには　ラジオや　テレビ＿＿が　あります。

1　も　　2　など　　3　と　　4　や

(7)　目(め)の　中(なか)に　ごみ＿＿　入(はい)って、いたいです。

1　を　　2　が　　3　に　　4　で

(8)　おなかが　いたいから　半分（はんぶん）＿＿＿　食（た）べます。

1　だけ　　2　しか　　3　も　　4　と

(9)　大学（だいがく）の　友（とも）だちは、えいごの　先生（せんせい）＿＿＿　なりました。

1　で　　2　を　　3　に　　4　から

(10)　だれ＿＿＿　テストの　時間（じかん）を　おしえて　ください。

1　に　　2　が　　3　は　　4　か

(11)　あなたの　いえは　学校（がっこう）＿＿＿　とおいですか。

1　か　　2　を　　3　で　　4　から

(12)　その　大（おお）きい　にもつは　わたし＿＿＿です。

1　が　　2　の　　3　や　　4　を

(13)　今週（こんしゅう）は　げつようびも　かようび＿＿＿　休（やす）みです。

1　や　　2　と　　3　も　　4　は

(14)　あした　雨（あめ）が　ふるか　ふらない＿＿＿　わかりません。

1　か　　2　が　　3　も　　4　は

(15)　びょうき＿＿＿　会社（かいしゃ）を　休（やす）みました。

1　を　　2　に　　3　が　　4　で

もんだいⅡ　＿＿＿の　ところに　何（なに）を　入（い）れますか。1・2・3・4 から　いちばん　いい　ものを　一（ひと）つ　えらびなさい。

(1)　あしたの　パーティーは　たぶん　＿＿＿＿でしょう。

1　にぎやかに　　2　にぎやかだ

3　にぎやかな　　4　にぎやか

(2)　この　テストは、じしょを　＿＿＿＿　ください。

1　つかうないで　　2　つかわないで

3　つかいないで　　4　つかないで

(3)　おんがくを　＿＿＿＿ながら　さくぶんを　書（か）きました。

1　聞（き）いた　2　聞く　3　聞いて　4　聞き

(4)　まいあさ　会社（かいしゃ）に　＿＿＿＿　まえに　スポーツを　します。

1　行（い）く　2　行きます　3　行った　4　行って

(5)　魚（さかな）が　たくさん　＿＿＿＿　います。

1　およぎて　2　およぐて　3　およいで　4　およんで

(6)　こうえんの　花（はな）は　とても　＿＿＿＿。

1　きれいだった　　2　きれかった

3　きれくなかった　　4　きれくないだった

(7)　きょうの　テストは　＿＿＿＿なかったです。

1　むずかし　2　むずかしい　3　むずかしくて　4　むずかしく

(8) わたしは　まいばん　子(こ)どもが　＿＿＿＿　あとで
本(ほん)を　読(よ)みます。

1　ねる　　2　ねた　　3　ねて　　4　ねます

(9) きょねんの　ふゆは　＿＿＿＿。

1　あたたかいです　　2　あたたかいだった

3　あたたかかったです　　4　あたたかくでした

(10) あにの　新(あたら)しい　カメラは　＿＿＿＿　かるい。

1　小(ちい)さいくて　　2　小さいで

3　小さいと　　4　小さくて

(11) これは　きのう　わたしが　＿＿＿＿　しゃしんです。

1　とる　　2　とって　　3　とった　　4　とります

(12) この　りょうりは　あまり　＿＿＿＿よ。

1　からくないです　　2　からいです

3　からかったです　　4　からいではありませんでした

(13) きのう　友だちに　電話(でんわ)を　＿＿＿＿が、いませんでした。

1　します　　2　しました　3　して　　4　する

(14) たくさん　あるいたから、足(あし)が＿＿＿＿　なりました。

1　いたくて　2　いたいに　3　いたく　　4　いたい

(15) ひるごはんの　時間(じかん)を　もっと＿＿＿＿　しませんか。

1　おそく　　2　おそい　　3　おそいに　4　おそくて

もんだいⅢ ＿＿の ところに 何(なに)を 入(い)れますか。1・2・3・4 から いちばん いい ものを 一(ひと)つ えらびなさい。

(1) えいがは 何時(なんじ)＿＿＿ おわりますか。

1 など　2 ごろ　3 じゅう　4 か

(2) ドアに カレンダーが はって ＿＿＿。

1 なります　2 います　3 します　4 あります

(3) すみません、トイレは ＿＿＿ですか。

1 どちら　2 どこか　3 どの　4 どなた

(4) ゆきが たくさん ふったから、一人(ひとり)しか ＿＿＿。

1 来(き)ませんでした　2 来(き)ました

3 来(き)てください　4 来(く)るでしょう

(5) 休(やす)みの 日(ひ)は テレビを ＿＿＿ 本(ほん)を ＿＿＿します。

1 見(み)ると/読(よ)むと　2 見て/読んで

3 見たり/読んだり　4 見るや/読むや

(6) つぎの バスまで まだ 1時間(じかん) ＿＿＿、きっさてんに 行(い)きましょう。

1 ないから　2 あるから　3 あって　4 なくて

もんだいⅣ　どの　こたえが　いちばん　いいですか。1・2・3・4 から　いちばん　いい　ものを　一(ひと)つ　えらびなさい。

(1)　A「すみませんが、その　しおを　とって　ください。」

B「＿＿＿＿＿＿＿＿。」

1　いいえ、どうも　　2　はい、ください

3　はい、どうぞ　　4　いいえ、とります

(2)　A「ペットが　いますか。」

B「はい、かわいい　いぬが　います。」

A「＿＿＿＿＿＿＿＿。それは　いいですね。」

1　そうですよ　　2　そうですね

3　そうですか　　4　そうです

(3)　大川(おおかわ)「高山(たかやま)さん、にもつが　多(おお)いですね。少(すこ)し　わたしが　もちましょうか。」

高山(たかやま)「いいえ、＿＿＿＿＿＿＿＿。」

1　もってください　　2　けっこうです

3　もちましょう　　4　ちがいます

(4)　A「ゆうびんきょくの　電話(でんわ)ばんごうを　しって　いますか。」

B「いいえ、＿＿＿＿＿＿＿＿。」

1　しって いないです　　2　しっていません

3　しりないです　　4　しりません

正解：

もんだいⅠ

(1) 1	(2) 3	(3) 2	(4) 1
(5) 4	(6) 2	(7) 2	(8) 1
(9) 3	(10) 4	(11) 4	(12) 2
(13) 3	(14) 1	(15) 4	

もんだいⅡ

(1) 4	(2) 2	(3) 4	(4) 1
(5) 3	(6) 1	(7) 4	(8) 2
(9) 3	(10) 4	(11) 3	(12) 1
(13) 2	(14) 3	(15) 1	

もんだいⅢ

(1) 2	(2) 4	(3) 1	(4) 1
(5) 3	(6) 2		

もんだいⅣ

(1) 3	(2) 3	(3) 2	(4) 4

日本語能力試験

４級・文法テスト　（平成16）

もんだいⅠ　＿＿の　ところに　何(なに)を　入(い)れますか。1・2・3・4から　いちばん　いい　ものを　一(ひと)つ　えらびなさい。

(1)　わたしは　よく　いもうと＿＿＿　あそびました。

1　を　　2　と　　3　に　　4　の

(2)　バス＿＿＿　のって、うみへ　行(い)きました。

1　の　　2　で　　3　に　　4　を

(3)　さいふは　どこ＿＿＿　ありませんでした。

1　にも　　2　へも　　3　にか　　4　へか

(4)　タクシー＿＿＿　よんで　ください。

1　の　　2　に　　3　が　　4　を

(5)　どちら＿＿＿　あなたの　本(ほん)ですか。

1　へ　　2　は　　3　が　　4　に

(6)　母(はは)は　せいが　高(たか)いですが、父(ちち)＿＿＿　ひくいです。

1　に　　2　と　　3　も　　4　は

(7)　だれ＿＿＿　まどを　しめて　ください。

1　は　　2　が　　3　か　　4　に

(8)　バナナを　半分(はんぶん)＿＿＿＿　して　いっしょに　食べましょう。

1　が　　2　に　　3　を　　4　で

(9)　おさらは　10まい＿＿＿＿　あります。

1　ぐらい　　2　が　　3　しか　　4　ごろ

(10)　りょうりは　じぶん＿＿＿＿　つくりますか。

1　へ　　2　か　　3　で　　4　を

(11)　あの　店(みせ)は　何(なん)＿＿＿＿　いう　名前(なまえ)ですか。

1　が　　2　に　　3　の　　4　と

(12)　その　テープは　5本(ほん)＿＿＿＿　600円(えん)です。

1　で　　2　の　　3　に　　4　か

(13)　その　こうさてん＿＿＿＿　左(ひだり)に　まがって　ください。

1　が　　2　を　　3　に　　4　と

(14)　どこ＿＿＿＿　来(き)ましたか。

1　から　　2　だけ　　3　など　　4　しか

(15)　月(げつ)よう日(び)＿＿＿＿　火(か)よう日(び)　テストが　あります。

1　で　　2　に　　3　を　　4　か

もんだいⅡ　______の　ところに　何(なに)を　入(い)れますか。1・2・3・4
から　いちばん　いい　ものを　一(ひと)つ　えらびなさい。

(1)　きょうは　あまり　______ありません。

1　いそがしく　　2　いそがしいでは

3　いそがしいく　　4　いそがしいは

(2)　あの　たてものは　エレベーターが　______、べんりです。

1　ある　　2　あった　　3　あって　　4　あるで

(3)　テストを　して　いますから　______　して　ください。

1　しずかで　2　しずかだ　3　しずか　4　しずかに

(4)　あには　いま　35さい______、けっこんして　います。

1　だ　　2　に　　3　の　　4　で

(5)　まいあさ　うちで　せんたくを______から、学校(がっこう)に
行(い)きます。

1　する　　2　して　　3　します　　4　した

(6)　子(こ)どもの　とき　やさいが　すき______。

1　ではありませんでした　　2　くなかったです

3　はなかったです　　4　ではないでした

(7)　来週(らいしゅう)　______　人(ひと)は　だれですか。

1　休(やす)み　　2　休む　　3　休んで　　4　休んだ

(8) 土(ど)よう日(び)は　さんぽ＿＿＿＿　ギターを　練習(れんしゅう)＿＿＿＿　します。

1　したり/したり　　2　しったり/しったり

3　して/して　　4　しいて/しいて

(9) この　えいがは　＿＿＿＿よ。

1　おもしろくないかった　2　おもしろくなかった

3　おもしろいじゃなかった 4　おもしろいないかった

(10) きのうは　だれも　＿＿＿＿。

1　来(き)ませんでした　　2　来ました

3　来たです　　4　来(こ)ないでした

(11) あしたは　かぜが　＿＿＿＿でしょう。

1　つよかった 2　つよくて　3　つよい　4　つよく

(12) 山(やま)へは　ぼうしを　＿＿＿＿　行(い)きましょう。

1　かぶると　2　かぶりて　3　かぶりに　4　かぶって

(13) かおが　＿＿＿＿　なりました。

1　あかくて　2　あかいく　3　あかいに　4　あかく

(14) いもうとが　＿＿＿＿とき、父(ちち)は　外国(がいこく)に　いました。

1　生まれ　2　生まれた　3　生まれて　4　生まれるの

(15) たいせつな　かみですから　＿＿＿＿　ください。

1　なくさなくて　　2　なくしないで

3　なくさないで　　4　なくしなくて

もんだいⅢ　＿＿の　ところに　何（なに）を　入（い）れますか。1・2・3・4 から　いちばん　いい　ものを　一（ひと）つ　えらびなさい。

(1)　きのうは　＿＿＿　早（はや）く　かえりましたか。

1　いかが　　2　いくつ　　3　どうして　4　どちら

(2)　としょかんの　本（ほん）は　まだ　＿＿＿。

1　かえさないでした　　　2　かえしていません

3　かえしました　　　　　4　かえしましょう

(3)　コーヒーを　＿＿＿　いかがですか。

1　いっぱいが　　　　2　いっぱい

3　いっぱいか　　　　4　いっぱいを

(4)　毎日（まいにち）　＿＿＿ぐらい　ねますか。

1　どんな　　2　どう　　3　いつ　　4　どれ

(5)　みんなが　たくさん　飲（の）みましたから、＿＿＿　おさけは ありません。

1　もう　　2　まだ　　3　よく　　4　とても

(6)　あの　山（やま）には　一年（いちねん）＿＿＿　ゆきが　あります。

1　など　　2　とき　　3　じゅう　　4　ごろ

もんだいⅣ　どの　こたえが　いちばん　いいですか。1・2・3・4 から　いちばん　いい　ものを　一(ひと)つ　えらびなさい。

(1)　A「この　えは　だれが　かきました か。」

B「＿＿＿＿＿＿＿。」

1　山(やま)の え を かきました　　2　わたしが かきました

3　きのう かきました　　4　先生(せんせい)に かきました

(2)　山田(やまだ)「田中(たなか)さん、その　新聞(しんぶん)を　とって　ください。」

田中(たなか)「はい、＿＿＿＿＿＿＿。」

1　わかります　　2　そうです

3　そうですか　　4　わかりました

(3)　A「えいがが　見(み)たいですね。」

B「じゃ、＿＿＿＿＿＿＿。」

1　新(あたら)しい　えいがが　ほしいです

2　わたしは　見たくないでしょう

3　あした　見に　行(い)きませんか

4　見ないで　ください

(4)　A「この　へんに　ポストは　ありますか。」

B「＿＿＿＿＿＿＿。」

1　あそこに　あります

2　はい、ポストです

3　あそこに　ありません

4　いいえ、ポストじゃ　ありません

正解：

もんだいⅠ

(1) 2	(2) 3	(3) 1	(4) 4
(5) 3	(6) 4	(7) 3	(8) 2
(9) 1	(10) 3	(11) 4	(12) 1
(13) 2	(14) 1	(15) 4	

もんだいⅡ

(1) 1	(2) 3	(3) 4	(4) 4
(5) 2	(6) 1	(7) 2	(8) 1
(9) 2	(10) 1	(11) 3	(12) 4
(13) 4	(14) 2	(15) 3	

もんだいⅢ

(1) 3	(2) 2	(3) 2	(4) 4
(5) 1	(6) 3		

もんだいⅣ

(1) 2	(2) 4	(3) 3	(4) 1

日本語能力試験

4級・文法テスト （平成15）

もんだいⅠ ＿＿の ところに 何を 入れますか。1・2・3・4 から いちばん いい ものを 一つ えらびなさい。

(1) わたしは ときどき としょかん＿＿ べんきょうします。

1 に　2 で　3 へ　4 が

(2) パーティーで、だれ＿＿ ギターを ひきましたか。

1 を　2 も　3 は　4 が

(3) 友だち＿＿ いっしょに えいがを 見ました。

1 に　2 へ　3 で　4 と

(4) 母は 1か月＿＿ 1かい びょういんへ 行きます。

1 も　2 と　3 に　4 へ

(5) けさは 何＿＿ 食べましたか。

1 が　2 か　3 に　4 も

(6) わたしは かぞく＿＿ てがみを もらいました。

1 を　2 が　3 や　4 から

(7) テニスを しました。それから、ピンポン＿＿ しました。

1 は　2 が　3 も　4 と

(8) つよい　かぜで　電車(でんしゃ)＿＿＿＿　とまりました。

1　が　　2　と　　3　を　　4　へ

(9) 父(ちち)に　電話(でんわ)を　しました。でも　友(とも)だちに＿＿＿＿　しませんでした。

1　は　　2　も　　3　へ　　4　で

(10) かばんの　中(なか)に　さいふや　かぎ＿＿＿＿が　あります。

1　や　　2　も　　3　など　　4　から

(11) この　みかんは　ぜんぶ＿＿＿＿　いくらですか。

1　を　　2　の　　3　で　　4　に

(12) おとうとは　いしゃ＿＿＿＿　なりました。

1　を　　2　に　　3　で　　4　の

(13) へや＿＿＿＿　電気(でんき)を　けして　ください。

1　に　　2　へ　　3　と　　4　の

(14) 日本語(にほんご)＿＿＿＿　話(はな)しましょう。

1　へ　　2　で　　3　と　　4　に

(15) 30分(ぷん)＿＿＿＿　まちましたが、バスは　来(き)ませんでした。

1　ごろ　　2　など　　3　しか　　4　ぐらい

もんだいⅡ ＿＿の ところに 何(なに)を 入(い)れますか。1・2・3・4 から いちばん いい ものを 一(ひと)つ えらびなさい。

(1) 先生(せんせい)は げんき＿＿＿ おもしろい 人(ひと)です。

1 に　　2 で　　3 だ　　4 や

(2) きのうは 天気(てんき)が ＿＿＿。

1 いいでした　　2 よかったです

3 いかったです　　4 よかったでした

(3) わたしは コーヒーに さとうを ＿＿＿ 飲(の)みます。

1 入(い)れない　2 入れなく　3 入れないで　4 入れなくて

(4) すみません、ちょっと ＿＿＿ ください。

1 まち　　2 まって　　3 まった　　4 またない

(5) これは 先週(せんしゅう) 友(とも)だちの いえで ＿＿＿ しゃしんです。

1 とる　　2 とるの　　3 とった　　4 とります

(6) きのうの よるは 6時(じ)に ＿＿＿、こはんを つくりました。

1 かえる　2 かえった　3 かえって　4 かえったり

(7) いっしょに ＿＿＿ましょう。

1 うたい　　2 うたう　　3 うたって　4 うたいて

⑻ あしたは ＿＿＿から、あそびに 行(い)きませんか。

1 ひま　2 ひまな　3 ひまの　4 ひまだ

⑼ じしょを ＿＿＿、こまりました。

1 わすれて　2 わすれた

3 わすれる　4 わすれないで

⑽ スポーツは ＿＿＿ ありません。

1 すきく　2 すきに　3 すきには　4 すきでは

⑾ ドアが ＿＿＿。

1 しめます　2 しめています

3 しまっています　4 しまってあります

⑿ すずきさんは きのう、たぶん うちに ＿＿＿でしょう。

1 いた　2 いて　3 いる　4 います

⒀ ＿＿＿とき、つめたい コーヒーを 飲(の)みます。

1 あつい　2 あついの

3 あついだ　4 あついかった

⒁ わたしは いつも シャワーを ＿＿＿から ねます。

1 あびる　2 あびた　3 あびて　4 あびます

⒂ 山川(やまかわ)さんと ＿＿＿ながら、ごはんを 食(た)べました。

1 話(はな)す　2 話し　3 話して　4 話した

もんだいⅢ ＿＿の ところに 何(なに)を 入(い)れますか。1・2・3・4 から いちばん いい ものを 一(ひと)つ えらびなさい。

(1) きのうは ＿＿＿ さむく ありませんでした。

1 よく　　2 とても　　3 あまり　　4 たくさん

(2) パーティーは まだ ＿＿＿。

1 はじまります　　2 はじまりません

3 はじまりました　　4 はじまっています

(3) ＿＿＿ おんがくを 聞(き)きますか。

1 どこ　　2 どれ　　3 どちら　　4 どんな

(4) ＿＿＿ レストランは 古(ふる)いです。

1 あの　　2 あれ　　3 あちら　　4 あそこ

(5) けさ 7時(じ)＿＿＿ おきました。

1 ごろ　　2 など　　3 まで　　4 ぐらい

(6) この へやには いすが 一(ひと)つしか ＿＿＿。

1 います　　2 いません

3 あります　　4 ありません

もんだいⅣ　どの　こたえが　いちばん　いいですか。1・2・3・4 から　いちばん　いい　ものを　一つ（ひと）　えらびなさい。

(1)　A「はじめまして。どうぞ　よろしく　おねがいします。」

B「＿＿＿＿＿＿。」

1　こちらこそ　　2　おかげさまで

3　ごめんなさい　　4　ごめんください

(2)　A「きょうは　これで　＿＿＿＿＿＿。ありがとう　ございました。」

B「そうですか。じゃあ、また　来（き）て　くださいね。」

1　こんにちは　　2　はじめまして

3　しつれいします　　4　しつれいしました

(3)　A「マリーさんの　かさは　どれですか。」

B「あれです。＿＿＿＿＿＿。」

1　あれは　かさです

2　あの　あおいのです

3　あれは　マリーさんです

4　あの　かさは　あおいです

(4)　A「先週（せんしゅう）の　にちようびに　どこかへ　行（い）きましたか。」

B「いいえ、雨（あめ）が　ふったから、＿＿＿＿＿＿。」

1　どこかへ　行きました

2　どこへも　行きました

3　どこかへ　行きませんでした

4　どこへも　行きませんでした

正解：

もんだいⅠ

(1) 2	(2) 4	(3) 4	(4) 3
(5) 2	(6) 4	(7) 3	(8) 1
(9) 1	(10) 3	(11) 3	(12) 2
(13) 4	(14) 2	(15) 4	

もんだいⅡ

(1) 2	(2) 2	(3) 3	(4) 2
(5) 3	(6) 3	(7) 1	(8) 4
(9) 1	(10) 4	(11) 3	(12) 1
(13) 1	(14) 3	(15) 2	

もんだいⅢ

(1) 3	(2) 2	(3) 4	(4) 1
(5) 1	(6) 4		

もんだいⅣ

(1) 1	(2) 3	(3) 2	(4) 4